猫と狸と ときどき 故郷

neko to tanuki to tokidoki furusato

宮本正浩
MIYAMOTO MASAHIRO

幻冬舎MC

猫と狸と、ときどき故郷

まえがき

開業医の仕事を2年前にやめ、暖かい春の陽射しが差し込む部屋で、お茶を飲みながら新聞を読んでいた。こんなにゆっくりとした気分は何年ぶりのことかと思っていたら、妻が近付いてきて「毎日暇なら何か書きなさい。書けるはずよ、書けるでしょう」と言う。「日頃、沢山本を読んでいるし、面白いことを言うからそれをそのまま文章にしろ」と言う。書けと言われても素人がそんなに簡単に物語が書けるはずはない。しかし、何とかして、この場を納めなければならない。そうしないと、ご飯を作ってくれないかもしれない。

パソコンの前に座り、しばし考えた。世の中には閉塞感が漂い、せわしなく、戦争があり、異次元の犯罪がある。そうだ、作品を読んでくれた人が温かい気持ちになれるような、ほっと一息つけるようなものを書こう。

小説を書き始めて気が付いたのは小説を書くことはかなり楽しいということだった。登場人物を自分の思い通りにあやつることができる。こんな気分の良いことはない。

手掛けた1作目の『初夢』は完成に3時間掛からなかった。内容が奇想天外だったのでおそるおそる妻に見せたら、妻は一言面白いと言った。私はほっとして次の作品に向かった。

続けて『捩花《ねじばな》の精霊《せいれい》』、『提灯の灯』を書き、私の所属する教会の何人かの人に読んでもらい面白いと言ってもらえた。

親しい友人達が集まって開く小さな音楽会で、妻はピアノの先生の伴奏に合わせて『初夢』を始めとする短編小説を朗読している。作品はピアノの伴奏が付くことにより新たな命を持つように感じる。作品を読んでくださったピアノの先生はピアノのある寝たきりの高齢者宅を訪れた時に、ピアノの伴奏で作品を朗読し、患者から喜ばれている。私が最初に意図したことがかなったのだ。

狸や猫が出てくるファンタジーといえる作品が4作ある。動物に人間に対する批判を少しさせた。動物と人間の作り出す不思議な世界を味わってくだされば幸いである。

狸については子供の頃絵本で見た狸と、ラジオで聞いた落語に出てくる狸をイメージして書いた。

キリスト教を題材にした作品1作は洗礼を受け1ヶ月後に書いたもので聖書に書かれて

いることを正しく理解しているかどうか確かめるために書いた。

『ミイラ取りがミイラになる』は60年前の20歳台の時の物語で若い時へのノスタルジーが筆を執らせた。

『あるお爺さんの1日』は、高齢のお爺さんと腎不全の猫が出てくる。年を取って退職し死ぬまでをどう過ごすかは私も含め多くの人の関心事である。将来に希望を持って生きられる世の中であることを祈っている。

もくじ

阿波踊りと狸

母方の祖父の法事が行われた。祖父は開業医であり、現在、医院は宏のいとこに当たる息子が継承している。宏が医師になったのは、この祖父の勧めによるところが大きい。法事は終わったが、久しぶりの郷里なので、いとこに頼み、もう2日泊めてもらうことにした。医院の周辺は20年前と変わらず水田が広がっている。

水田を渡る風は冷たくて心地良い。宏は稲の育つ水田のあぜ道を一人で歩いていた。手には捕虫網と虫かごを持っていたが、虫を捕る気持ちはなかった。子供の頃、夕方、誘蛾灯に集まる虫を見ようとしてあぜ道を歩いていたら正面から、今、水田から出てきたばかりというような、全身をぬらぬらと光らせた青大将が現われた。びっくりして家まで逃げ帰った。蛇より宏の足の方が速く、事なきを得た。その時の記憶があるので護身用に捕虫網を持って出た。今度、現われたら、捕虫網で捕らえ、遠くに投げ飛ばすか、柄のところでひっぱたくかのどちらかだ。

捕虫網は納屋にあった。納屋には源平時代の物と思われる大鎧が3領ある。誰もいない納屋に入り鎧を見るのは何とも気味が悪い。さらに、白い大きな青大将が住んでいるという。幸いなことに、何回か納屋に入ったことがあるが、青大将が出迎えに出てきたことはない。青大将に遭遇したことのある使用人の話によると青大将は、ニコニコと愛想が良く「こんにちは」と声を掛けてきたという。使用人は真っ青になり逃げ帰ってきたとのことであるが、この話を信用した者はいない。

古い納屋なので、使われなくなった物がしまわれているので探せば目的の物は見つかる。歩いているうちに用水路にぶつかった。幅は1メートル、水深は50センチメートルぐらいか、澄んだ綺麗な水がかなりの速度で流れている。水路の内側は青い苔で覆われており水路の中に落ちたら、何かを掴もうとしても滑ってしまい立ち上がることはできない。大人でも落ちれば、運が悪ければ溺死するだろう。

水路の綺麗な水の流れに見とれていた。目の前には澄み切った水が流れ、稲はあくまで青く、その稲に周りを取り囲まれ、自分は今、異次元の世界にいるような気分になった。

その時、右手から茶色い物が流れてきた。とっさに補虫網を用水路の中に差し出し茶色の物体をすくい上げた。網の中を見ると小さな子狸が気を失っていた。網から出し、温かいコンクリートの上に置いた。体は温かい。腹を触ってみたが水は飲んでないようだ。意識はないが呼吸には異常がない。宏は体温で温めてみようかと思ったが、野生の狸の皮膚には寄生虫がいるし皮膚病もあるのでやめた。腰のベルトから手ぬぐいを抜き取り全身を拭いてやった。狸は眼を開けて周囲を見回した。そして、声を出した。その声に誘われるように、体長70センチメートルくらいの狸が、ゼーゼーと息を切らして駆け付けてきた。そして、私に何度も何度も頭を下げた。親狸だ。

「ちょっと目を離した隙にいなくなってしまいました。用水路に落ちたと思い水路沿いに走ってきました。有り難うございます」

狸の言葉が人間の話す言葉として伝わってくる。やはり私は異次元の世界にいるのだ。私はびっくりし取り乱し何をして良いか分からなくなった。四国そのものが「他界」といわれており、死霊が集まる。ここで「遍路」は故人に出会う。死霊が集まるからといって狸が人の言葉を話すとは限らない。霊が集まってくるところは異次元が発生しやすく、こんなことが起こるのかもしれない。

私は大きく息をし、心を鎮めた。

「水に浸かったので、少し体温が下がっているかもしれない。家に帰ったら温めてやってください。呼吸は大丈夫だし水も飲んでないようです」

親狸は「有り難うございます。何か、お礼をしたいのですが、生憎、今は何も持っておりません。もう1度、お会いできないでしょうか」と言う。

私は「昼間は人目に付きやすい。犬に追い掛けられるのも困るだろう。今夜8時すぎそこの医院に来てくれ。門のところで待っている」と言った。

狸は「先ほどから、狸を相手にお話くださり有り難うございます。狸と会話ができることを不思議と思われていると思いますが、私が姿を現す時は極めて狭い範囲が異次元となり狸のみならず、他の動物との会話も可能です。この能力に気付いたのは、実を言うとごく最近のことです。これからもお気遣いなくお話ください」不思議な話だ。

「人間のみならず他の動物との会話ができるとのことだが、どうして、そのようなことができるようになったのだ」私は訊ねた。

狸は答えた。「私の住んでいる穴の近くに古い墓があります。何でも昔、遍路に出た女性が病気になり死に、埋葬されました。墓は朽ち果て、墓碑銘は読めず、木の葉に埋もれていました。私は哀れになり、木の葉を取り除き、墓を洗い、野辺の草花を供えました。1年が経った頃、墓から声が聞こえ、他の動物と話ができるようになると私に告げました。

人と話すのは今日が初めてですが、言葉を交わすことができました」

死んだ遍路の霊が狸に乗り移ったのだ。四国が「他界」ということを改めて思った。青大将が話をしたというのも本当なのかもしれない。

狸は何度も何度も頭を下げ、子狸を背中に背負い、振り返り振り返り帰っていった。

午後8時、狸はやって来た。そして8月に行われる阿波踊りの桟敷券2枚を差し出した。

「大変失礼だとは思いますが、狸としてはこれが精一杯です」と言う。

「これで十分です。思いも掛けないものを有り難うございます。この桟敷券は木の葉ではないですよね」と冗談を言うと
狸は「めっそうもありません。私の知り合いが夏の阿波踊りの開催委員をやっていてそこから手に入れたものです。子狸はその後全く問題なく元気です」と言って帰ろうとする。

「話したいことがある。少し時間は取れるか」

「構いません。何のご用でしょうか」と狸。

「阿波踊りを桟敷席で見ていると、男踊り、女踊りはあるが、単調なリズムの繰り返しと、阿波踊り自体いくら工夫したところで似たようなものだ。30分も見ているとあくびが出る。おまけに暑い。観光客の中にはホテルに帰りたいと添乗員に訴える者がいる。開催委員の

方に何か新しい試みをするように言ってもらえないか」

狸は答えた。「まず無理です。阿波踊りの開催委員達は黙っていても毎年百万人以上の観光客が訪れるので、現在の状態を変えようなどとは露ほどにも思っていません」

「私に少し考えがある。明日のこの時間、もう1度来てくれないか。観光客を飽きさせない方法を何か考えてきてくれないか」

「承知しました。明日、又来ます」と言って狸は帰っていった。

翌日、夜、狸はやって来た。

「何か良い考えが浮かびましたか」と訊ねると狸は黙って首を振った。

「何も思いつきません」と言う。私の顔を見つめて「何か計画をお持ちなのですね」察しの良い、頭の良い相手だ。

「私のプランはかくかくしかじか」と話すと、狸はぽんと膝を打ち、是非やって見ましょうと言う。

「問題は阿波踊りの開催まで1ヶ月しかない。準備ができるかどうかだ」

「問題ありません。インターネットを使えば世界の情報はすぐ集まります」

「狸がインターネットを使うのか。すごい世の中になったものだな」

「人間に化けて技術を身に付けたのです。狸の社会には技術者の養成所があります。人出不足の人間の社会に溶け込んで働いている狸は沢山います」と狸は胸を張って言う。

私は訊ねた。「この地域に狸は何匹いて、化けるのが上手いのは何匹くらいですか」

「そうですね、私の知る限りでは2百匹くらいですかね。狸の学校で化学《ばけがく》の成績優秀者は50匹くらいです」

「それだけいれば十分だ。皆の協力を得るように頑張ってくれ。私は明日東京へ帰る。これからの連絡はインターネットを使おう」

狸と私はメールアドレスを交換した。この親狸の人間の名は横山浩一という。

メール交換は毎日続き、画像も送られてきた。狸はこちらの意向をよく理解していた。

いよいよ阿波踊りの開催日である2XX年8月12日を迎えた。徳島市内は観光客130万人が訪れ熱気でムンムンしていた。阿波踊りは踊る一つのグループを連といいそれぞれに名前が付けられており、100人ほどの集団である。初めの連が踊りながら、桟敷席の前を通り過ぎていく。物珍しいので観光客は手を叩いて見物している。

はやし歌が聞こえる。

踊る阿呆に見る阿呆　同じ阿呆なら踊らにゃ損損
新町橋まで行かんか来い来い
男の方にお負けになるな　わたしゃ負けるの大嫌い
大谷通れば石ばかり　笹山通れば笹ばかり　猪豆喰うホーイホイホイ
ひょうたんばかりが浮きものか私の心も浮いてきた　ホラ浮いた浮いた

鐘の音がやかましい。三味線の音はあまりはっきりしない。極めてリズムが単調だ。踊りも右手右足、左手左足を同時に動かす。盆踊りの中では阿波踊りだけの特殊な動きだ。しかし、どんなに型を変えたところで同じようなものだ。どの連の踊りも同じに見える。踊りが始まって30分経つか経たないうちに観光客の一部は飽きてしまって添乗員にホテルへ帰りたいと言い始めた。徳島市の夏は暑い。ホテルに帰り、ビールを飲みながらテレビの中継を見た方が良い。

踊りが始まって2時間ほど経ち阿波踊りもそろそろ終わりにさし掛かった時"INTERNATIONAL AWAODORI EVENT"と書いた垂れ幕が出た。

現われた一行の最初のインド人は壺を持っていた。3人が横に並び壺にはそれぞれよく太ったコブラが30センチメートルほど首を出し、アーラエラヤッチャエラヤチャの掛け声に合わせて体をくねらせている。その後ろではマハラジャが2人、黄金のターバンを巻き、金糸、銀糸の刺繍のある豪華な美しい洋服を着て踊っている。それに続いて女性10人ほどが赤い服に緑の鮮やかなスカートをはき靴は黄色のハイヒール。南国の花の香りが一面に漂った。阿波踊りの女踊りをやって見せた。つま先で地面を蹴るシーンがあるが、スカートから形の良い脚が覗いた時観光客の一人は見とれて手に持っていたビールの缶を思わず落としてしまった。高い鼻、エキゾチックな顔付き、細い体、観客は皆固唾を飲んだ。

スペインの一行は闘牛士の扮装だ。帽子をかぶった闘牛士6人は皆口に紅いバラをくわえている。憎い演出だ。闘牛士達は、その逞しい体で阿波踊りを踊った。見ている女性の中からは失神者が出た。最後に闘牛士は観客席にバラを投げ入れた。

それぞれの国の特徴を生かした扮装の阿波踊りは続いた。

私はイベントの先頭の方へ足を急がせた。先頭のグループの狸の姿はなかった。夜の闇に溶け込むように、誰にも気付かれぬように姿を消したのだ。この1ヶ月は忙しかった。狸の横山浩一さんがここまで完璧に仕事をするとは思わなかった。

最後のグループが過ぎ去った。観客は動こうともしなかった。十分に満足し、もう1度見たいと思っているようだった。

日本の土着の、最も土着という言葉のふさわしい阿波踊りと西洋の文化のコラボレーションは成功した。私は満足した。

狸の控え室を覗いたが綺麗に片付けられており、足跡も狸の毛1本も残っていなかった。横山浩一さんがいた。私が「随分よくやってくださり感謝しています」と言うと、横山さんは「子供の命を助けてくださり有り難うございます。これで少し恩返しができたようです」

「今日、参加してくださった狸さん達に、何かお礼がしたいのですが」

参加した狸は皆、私の子供の命が救われたことを知っています。あなたのためなら何でもすると言っています。心配しないでください」横山さんはきっぱり言った。

会の開催委員会の人が見え、開催委員長が私に会いたいと言っていると伝えた。

開催委員会の委員長に会った。委員長は「今日の阿波踊りのイベントが上手くいったのは全てあなたのアイデアによるものです。有り難うございました」礼を言った。

委員長は私の方へ手を差し伸べた。その腕は細く茶色い毛が生えていた。手は小さかった。委員長は片目をつむり、にこっとして私の手を握り「チョットだけよ」と言った。私は「チョットだけね」と言って握り返した。

タクシードライバー

私は42年間の開業医をやめて、その後八王子市にある病院に週1回勤務しています。自宅のある吉祥寺駅から八王子駅まで約35分、八王子駅から病院までタクシーで30分掛かります。朝、8時過ぎに八王子駅に着くと、すぐタクシーに乗りますが雨が降っていない限りタクシーを待つことはなく、車は次から次へと来ます。冬の朝、タクシーに乗りました。車内は暖房が効いていて快適で、窓から差し込む太陽の光も車の中を暖めてくれました。

しかし、タクシーに乗った瞬間車内の異臭に気付きました。異臭は犬のようでした。私がクンクンと匂いを確かめると、運転手は「何か臭いますか。前に乗ったお客さんの連れていたのは死期の迫った大型犬で動物病院まで運びましたが少し臭かったです。相済みません。窓を開けていたのですが臭いが残りました」と言います。

「それは仕方がないですね。それよりも、死にかかった動物からは蚤が逃げ出します。座席が蚤だらけということはないですよね。飼っていた猫が死んだ時、猫の体に付いていていた蚤が1匹残らず私の脚に移動してきてひどい目に遭ったことがあるのです」

「犬の飼い主の方は、上品な老婦人で犬の世話を良くされていて、犬はとても清潔でした。死ぬ間際の猫から大量の蚤が逃げ出したのは、普段から風呂に入れてなかったのでしょう」と運転手。言いにくいことを随分はっきりと言います。

確かに、1度も風呂に入れたことはありませんでした。風呂に入れようとすると逃げ回るので入れなかっただけです。猫が悪いのです。

私は通勤の10分から或いはそれ以上の時間をタクシーの中で寝ることを習慣付けていま す。短い時間ですが一眠りすると頭の中がすっきりし午前中の診療がスムーズにいくからです。

どれくらいの時間寝たのでしょうか。私は、夢を見ていました。父と一緒に林の中を歩いていました。太平洋戦争の最中で、ワラビでもゼンマイでも何か食べられる物を探しに行ったのです。目的の物は手に入れることはできませんでしたが、私は父といられることが嬉しくてうきうきしていました。その時、目の前を少し臭い動物が横切っていきました。父が狸だと言いました。

車内の空気が少し変わったように感じ目が覚めました。車内が一層臭くなっていたのです。夢の中の狸と同じ臭いです。運転手を見ると、頭から首筋、ハンドルを握る手が茶色い毛に覆われています。運転手の顔の横からは3本の毛が生えているのが見え、朝日を受け白く光っています。どう見ても狸のようです。

「運転手さん」と私は声を掛けました。ギクッして私を振り返った姿は人間に戻っていました。

「お客さん、済みません。私は実は狸なのです。人間に化け続けるのにはかなりのエネルギーがいります。疲れます。どこかで、一休みしたかったのですが今日は朝から忙しく休憩を取る暇がありませんでした。お客さんが熟睡しているのでしめたと思い狸に戻ったところを見られてしまいました」

「そんなことだったらもう少し寝ていれば良かった。少しは疲れが取れましたか」

「有り難うございます。随分楽になりました」

「住まいはこの近くですか」

「あまり話したくはありませんがこの近くです」

「多分、浅川の土手あたりですね。丈の高い枯れた雑草で覆われ子狸が遊んでいても見つからないし、餌も川で小魚が捕れますね。それから、私の経験ではこの河原には蛇が沢山いますね」

「穴に住むのはやめて、今は廃屋に住み着いています。陽当たりは良いし、風通しは良いし、湿気はありません。年寄りは膝の痛みが取れて歩けるようになりました。それは良いのですが、認知症があり、昼間、徘徊し人間に見つかることが心配です。子供達の皮膚病も治りました。蛇は、何しろ狸の所帯数が多いのでなかなか口にすることはできません。

子供達に与えたくないのは、人間の残飯です。物価高で残飯が少なくなっています。子狸は脂の乗った青大将など気味が悪いと言って食べません。野生の動物は野生の物を食べないと生きていけないのです。子狸の好きなのはカツサンドですが、いつも手に入るものではありません。クリスマスの後は毎年顔にクリームを付け、舌舐めずりをし、満足し切って帰ってきます。子供の頃からこんなものを食べていると肥満、高脂血症、糖尿病、高血圧など人間の罹る成人病になるのではないかと心配です」

「子供の教育は狸でも大変なのですね」

「それでも、浅川は水が流れ、両岸には草が茂り、我々に食物を与えてくれます。アフリカのソマリアでは雨が降らず何十万もの人が死に、家畜も死んでいます。我々は幸せです。自然環境の変化に狸は何もできませんが、せめて、人間の作り出す環境の変化、特に残飯の量や種類に左右されない生活を模索していかなければなりません」

どこかの国の大臣に聞かせたいような話になりました。タクシーは病院に着きました。

タクシードライバーとの再会

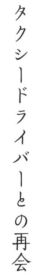

日ならずして狸のタクシードライバーに会った。通勤の中央線下りは混んでいる。八王子駅で人混みに押されながら下車するのは大変だ。駅の階段も皆と同じスピードで上らなければならない。34段ある階段も最後の4段は気を抜かないようにしないと、脚の力が抜けているのでよろめいてしまう。改札口にたどり着けばやれやれだ。駅構内は混雑していても自分のペースで歩ける。エスカレーターを降りてタクシーに乗った。

行く先を伝えると、運転手が「また会えましたね。エスカレーターを降りたところからずっと見ていました。お変わりないようですね」

どこかで見たことのある顔だ。少しの間をおいて気が付いた。狸のタクシードライバーだ。「この間は狸の話を聞かせてくれて有り難うございました。コロナの感染者が減って外出する人が増え仕事が忙しくなっていませんか」

「たいしたことは、ありません。感染者が減って安心しているのは首相と都知事でしょうね。ところで、首相が副鼻腔炎の手術を受けたということですが、副鼻腔炎はどんな病気なのですか」

やれやれ、タクシーの中で一寝入りしようと思っていたが、それはかなわないようだ。

「鼻の周囲には幾つかの空洞があり副鼻腔といいます。その中の粘膜が炎症を起こして腫れると鼻詰まりがひどくなり頬が痛くなったり、頭痛がします。耳が聞こえにくくなることもあります。副鼻腔に溜まった鼻水に細菌感染を起こすと黄色い、少し臭い匂いのする鼻水が出るようになります。多分、首相はこの段階で手術をしたのだと思います」

「首相は手術をして何か変わりますかね」

「何も変わらないでしょう。首相は日本酒好きだ。酒を飲むと鼻の粘膜が腫れ、鼻で呼吸ができず、口呼吸になり頭痛もひどかったはずです。それから、鼻が悪くなると耳が塞がったように感じ、聞こえなくなります。手術が上手くいき、鼻詰まりがとれれば、人の話がよく聞こえるようになり、頭痛がなくなれば原発の再稼動のことや、日本の安全保障の問題点である敵基地の攻撃についても見直すかもしれません。異次元の少子化対策についてもう少しましな考えが出るかもしれません。全部、希望的観測ですが」

「鼻の手術が日本を救うという訳にはいかないのですね」狸はがっかりした様子だった。

「少子化対策も結婚しやすくすることから考える必要があるように思います。それはそうとして、お子さん達は元気ですか」

「有り難うございます。子供達はそれぞれに独立し、出ていきました。狸は寿命が短いので巣立ちも早いのです。後は、夜、交通事故に遭わないように願っています。この辺の街の中心街は狸の生息数が少なく交通事故死する狸は少ないのですが、山の近くになると交通事故に遭う狸の数も増えます。動物愛護の点から狸に注意するようにドライバーに呼び掛けてもらいたいものです」

「患者さんの中に、農家の方がいらっしゃるので聞いてみましたが、農作物を食べに来る狸はみんな1匹で、丸々とよく太っていると言っていました。お子さん達の食べ物の心配はないようですね」

「八王子は年間を通して農作物があります。農家の方には悪いと思っていますが、ここら辺一帯は原野で、元々は狸の住みかだったところです。人間の作った農作物の一部は狸が食べても土地代の一部と思っています。

　それよりも、話題になっている樹木900本の伐採に反対している人達が知事が狸に扮して木の伐採をしている絵を掲げているそうですが、いくら知事が狸に似ていてもこれはやめて欲しいですね。狸は木を切ったりしません。自然環境の破壊は人間がやっているのです。我々にとっては良い迷惑です」

もっともな意見だ。樹木１本１本にも神が宿っている。なぜ切るのか。

タクシーは病院に着いた。

あるお爺さんの１日

税務署で税金の申告を終えたお爺さんは帰宅のためバスに乗りました。バスは自宅の近くのバス停に止まりました。お爺さんは両足に体重を移し、手すりを持ち、よいしょと腰を持ち上げました。ゆっくりと降車口に向かい、バスを降りようとしました。下を見た時、地面まで自分の足が届くのかどうか不安になりました。視力が衰えたようです。適当に足を伸ばして無事にバスから降りることができました。

このようなことは電車から降りる時にもあり、電車のドアーが開いてもすぐには足が動かないのでいつも足下をよく確かめてからゆっくりと降りるようになっています。

駅の階段を下りるのも大変です。必ず、手すりを持ち、ゆっくり下ります。お爺さんの友人は階段で足を踏み滑らし尻餅をつき、腰椎の圧迫骨折で３ヶ月間コルセットをしていました。朝、起き上がる時痛くて大変だったそうです。

駅の構内も用心しなくてはなりません。お爺さんの友人はスマホを見ながら歩いていた女性に体当たりをされ、後ろに倒れ頭を打ちました。体当たりをした女性は後ろを見ることもせず立ち去りました。CT検査で頭に異常はなかったのですが、頭痛があり3日間の入院を余儀なくされました。

「高齢者にとって世の中は危険に満ちている」とお爺さんは思いました。

歩き始め、横断歩道で信号の変わるのを待ち、渡り始めました。一生懸命歩きましたが、道路を渡り切るのと同時に、信号は青から赤に変わりました。やれやれ世の中はせわしくなったなと思いました。自分の足が遅くなったことも自覚しています。お爺さんは腰に手を当てて体を後ろにそらせ伸びをしました。

目の前の電線にはカラスが5羽、等間隔に並んでカアカアと何か話をしているようです。カラスはお爺さんが横断歩道を渡り切るのを見ていました。渡り終えるとカラス達はほっとしました。転んで骨折すれば、入院、寝たきり、そして認知症になることを心配していたのです。お爺さんはカラスの言葉は分りませんでしたが自分のことが話題になっていると感じています。

歩いていると、塀の上に猫が寝ていました。お爺さんはラッキーと思いました。最近は散歩をしていても町中で猫の姿を見ることがないからです。猫は痩せてところどころ毛が抜けています。自分と同じ様に年を取っていると感じました。

猫は久しぶりに塀の上に上れました。この間は、ひどかったです。飛び上がったのですが塀の中程までしか体は上がらず、塀に爪を立てましたが、そのままの姿勢でずるずると下まで落ちてしまい尻をしたたかに打ってしまいました。２、３人の子供達が見ており「猫が塀から落ちた」と大笑いされました。恥ずかしい。若い頃は、こんなことはなかったのに。

食欲がなく、体重が減ったため、獣医の診察を受けたところ、腎臓が悪いといわれました。猫の宿命だそうです。そういえば、隣の家の憧れの三毛猫の桃子さんが死んだのも腎不全でした。この塀の上で周りを見渡して自分が１番偉いと思えるのもこの春が最後だと思いました。春風が吹き、猫の毛が２本ほど舞い上がりました。お爺さんは慌てて頭に手をやりましたが、その必要はありませんでした。お爺さんは禿げていたのです。

自宅はすぐ近くです。前から歩いてくるのは３軒向こうに住む斉藤さんのお婆さんです。お爺さんは困りました。あの人は話が長い。立ち話が長くなると膝が痛くなる。今更逃げることはできない。しかし、よく見ると杖を持っている。急に老け込んだように見える。

歩き方も変だ、と思いました。

「こんにちは」お爺さんは挨拶をしました。

斉藤さんも「こんにちは」と挨拶を交わしました。「息子が引っ越すので手伝いに行って、あれやこれや荷物運びをしたら今朝から急に膝が痛み始めて、今、整形外科のお医者さんから帰るところです。何でも、骨粗鬆症があり、膝の関節が変形しているんだそうです。注射を打ってもらいましたが痛くて痛くて杖なしではとても歩けません」と言います。

「それは大変ですね。お大事にしてください」と言ってお爺さんは斉藤さんを見送りました。膝が痛いのは気の毒だが、長話をせずに済んだのは良かった。やれやれ。

自宅に帰り、鍵を開け家に入りました。お婆さんは居間で椅子に腰掛けたまま熟睡し、眼鏡を鼻の頭までずらし、良い夢を見ているようです。大きなお腹が呼吸をする度に大きく膨らんだりしぼんだりしています。

テレビは点けたままです。いつもテレビを消すと目を覚ますのでテレビはそのままにしておきました。お爺さんは、仕方がないので、一人でお茶をいれ、ゆっくりよく味わうように飲みました。そして、今日あったことを一つ一つ思い浮かべ、自分が年を取ったことを痛感しました。

朝から夜までの時間を何事もなく過ごすのは何と大変なことか。これから先、死ぬまでこの生活を続けることができるのか。気分が沈んでいきました。さらに今、自分の罹っている病気を思い出すとさらに気持ちが落ち込みました。高血圧症、高コレステロール血症、高尿酸血症、糖尿病、腎不全、緑内障そして白内障。病気のデパートです。これらの病気はほとんどが親からの遺伝であり、80歳になれば仕方のないことなのかもしれません。薬の種類も多く、考えてみるとこれらの薬でやっと命を保っているのです。自分は生かされているのです。

お茶を一口飲み、嫌な気分を振り払おうと庭に目をやりました。シクラメンの2鉢ほどの花がしおれています。お爺さんは庭に出てシクラメンに水をやりました。葉に水が掛からないように、茂っている葉を持ち上げました。そこには若い白い茎がくるくるとサイクルを作り沢山並んでいました。

何回も見たことがありましたが、今日は違うものを見ているように感じました。シクラメンはやがて茎を伸ばし、花を付けて枯れていく。花を落としたシクラメンの茎はねじり取られる。それまでは太陽に当て、水をやり、太陽に向かって鉢の向きを毎日、変えてやらねばなりません。生きている人間もシクラメンと変わらないのではないか。何か、自分も人のために役立つことはできないのだろうか。シクラメンに水をやるように簡単にできることではないが。

知り合いの老人ホームの職員の方に聞くと、女性の入居者はよくしゃべって賑やかだが、男性の方はいつも静まり返っているといいます。それならば、男の人が互いのコミュニケーションが取れるようにすることを考えれば良い。入居者の碁の相手ならできるだろう。お爺さんは思いました。

お爺さんは昔の囲碁二段くらい、現在はインターネットで碁が打てるため、若い人達は非常に強い。お爺さんは現在なら1級程度だろう。このことは施設の入居者と碁を打つ妨げとはならない。自分より強い相手がいれば指導してもらえば良いのだ。

特別養護老人ホームは要介護度3以上だが、若い頃碁を打った経験のある人なら碁が打てる入居者もいるだろう。有料老人ホームでも構わない。

お爺さんは早速、老人ホームの職員の方に相談の電話をしました。

あるお爺さんの1日　～猫と共に～

お爺さんは昨日見た塀の上の年取った猫のことが気になりました。今日、もう１度姿を見たいと思い出掛けていきました。塀の上にはいないだろう。塀に隙間があり庭を覗き込めれば、花の間で寝ている姿を見ることができるかもしれない。お爺さんは足を進めました。猫はいました。

塀の下に高さ50㎝くらいの花壇があり、そこで寝そべっていました。目と目を見合わせると、猫は「ニャン」と短く鳴きました。お爺さんが「こんにちは」と声を掛けると、今度は「ニャーン」と大きな声で鳴きました。お爺さんには猫が、「お待ちしていました。お話をしたいと思っていました」と言ったように聞こえました。死期の迫った猫には人間との会話ができる能力が備わるのでしょうか。

お爺さんは「体の具合はどうですか」と訊ねました。

猫は「毎日毎日、腎臓の働きが低下し、体がだるく、食べ物は喉を通らず、水も飲めません。自分の体を食い潰して生きています。逞しかった体は骨と皮になり、丸く可愛らしかった目は落ちくぼんで昔の面影もありません」と言います。

お爺さんは、猫の姿を見ただけで猫の病状が分っています。何もできないもどかしさを感じながら、自分も腎機能が悪く塩分制限をしており、高齢者の宿命とあきらめています。

猫は続けました。「猫の社会にも人間と同じように介護施設のあることをご存じですか。猫は死を恐れません。施設では人間に死ぬところを見られないようにすること、静かで暖かい快適な場所を提供すること、死ぬまで水は絶やさないこと。これだけです。点滴や、胃ろうや、おしめはしません。枕元で看取ってくれる猫もいません。まれに、子猫が死んだ時、親猫が看取ったことはあります」

お爺さんは、夫婦で介護施設に入るためのお金がどれくらい掛かるか、手持ちのお金を計算したことは何度かあります。しかし、猫の介護施設については初耳でした。死ぬ時にチューブにつながれないのは良いことだと思いました。

お爺さんは猫の話を聞いていて、思い当たることがありました。自分も死を恐れなくなってきている。いつ訪れるか分らない死を恐れていてはいけない。それまでの生きている時間を悔いのないものにしたい。そんな気持ちが強くなっている。猫は存在するだけで、家庭内が温かくなり穏やかになっていたにちがいない。猫の余命はあとわずかだが、生きているだけで価値がある。

猫は疲れた様子です。お爺さんは、「また来る」と、別れの言葉を掛けました。猫は目の前で手を振り、もう2度と会えないと身振りで伝えました。ただ、「もう１度塀に上りたい」と、猫がつぶやく声がお爺さんに聞こえました。

ある お爺さんの1日　～花の下にて～

お爺さんはバスを降りて歩き始めました。胸を張り、腰を伸ばし、足を高く上げ、目は真っ直ぐ前を向き歩いています。右手には紙の袋を提げています。いつもより速く横断歩道を渡り終えました。

電線にはいつもの5羽のカラスが並んで止まり、カアカアと世間話をしていました。木の枝から巣ごと転落して死んだカラスがいるとか、羽根が折れて飛べなくなり、獲物を捕まえられず、餓死したカラスがいるとか、カラスの世界も高齢化が進んでいることが問題になっています。どこかのごみの集積場は、住民のごみの出し方がいい加減なので餌を手に入れやすいといった情報交換も行われています。

カラス達はお爺さんの姿を見てびっくりして、世間話をやめました。何か良いことがあったに違いないと感じました。カラス達は、お爺さんの前途を祝いカーカーカーと声をそろえて鳴きました。

そろそろ、巣に帰らなければなりません。巣には子ガラスがお腹をすかせて待っています。

お爺さんは帰宅の道を歩み、塀のあるところに来ました。無意識に塀の上を探しましたが猫の姿はありませんでした。塀から飛び降りる時、足を骨折したのかもしれない、頭を打ったのかもしれない。年を取るとろくなことはない。お爺さんは猫のことが心配でした。

猫は春の陽射しが暖かく差す縁側でまどろんでいました。若かった頃のことが思い出されてきました。隣の家の憧れの桃子さんと庭でかけっこをしたこと、木登りをしたこと。猫より桃子さんの方がはるかに上手でした。夏になり、蜥蜴《とかげ》が姿を現すと蜥蜴の尻尾切り競争をしました。蜥蜴を見つけ、桃子さんがにらむと、蜥蜴はすぐ尻尾を切り離し草陰に姿を隠しました。猫が蜥蜴を見つけ、猫パンチをしても蜥蜴は知らん顔をして猫の前をゆうゆうと通り過ぎていきました。

ある日、人相の悪い野良猫が猫のテリトリーに入り込みました。猫が怖くて追い出せないでいると、桃子さんが駆け付けてくれて「シャー」と威嚇しました。野良猫は慌てて、後ろを見ることもせず逃げ去りました。

あの頃は楽しかった。猫は微笑みを浮かべました。猫は自分の意識が遠のいていくのを感じました。その時、猫は自分の名が呼ばれるのを耳にして目を開けると庭に桃子さんの姿がありました。猫は桃子さんと並んで座りました。猫の魂は桃子さんの魂に誘われて天に昇っていきました。

桜の古木は猫の遺骸に白い花びらを散らせました。

お爺さんの家はもうすぐです。しかし、困ったことになりました。前から歩いてくるのは話の長い斉藤さんのお婆さんです。今日は杖を突いていません。話が長くなりそうです。

「こんにちは」お爺さんと斉藤さんは挨拶を交わしました。

「今日は杖を突いていませんね。膝の具合が良くなりましたね」お爺さんは話が長くならないように差し障りのない話題を持ち出しました。

斉藤さんは「嫁の夕食のメニューが３通りくらいしかなく、それを繰り返しているんです。子供に何が食べたいと聞くと子供は面倒くさいのでハンバーグ次の日はスパゲッティー次の日は唐揚げ次の日はハンバーグといった具合なんです。レトルト食品も多いし、息子の健康診断の結果では悪玉のコレステロール値が高いので野菜料理も食べさせてほしいなと言うと、忙しくてそんな暇はないと言います。孫が肥満児になるのではないかと心配です」と言います。

他人の家のことに頭を突っ込むことは良くない事だと考え、お爺さんは「どこの家にもありますよね」と軽く答えました。

「今日は、まだ、昼食を済ませていないので」と話を切り上げました。


家に帰り、昼食を終えたお爺さんは紙袋から碁盤と碁石を取り出しました。近所にガラクタを集めて売っている店があるので覗いてみたら店の隅にほこりをかぶった碁石と碁盤があり、値段を聞くと2千円で良いと言うので買ってきました。老人施設ではコロナ対策で今のところボランティア活動はお断りしているとのことでした。

紙袋から出した碁盤と碁石を消毒用のティッシュペーパーで丹念に拭きました。綺麗な柾目の碁盤でした。線も黒々としっかり引かれています。裏側には持ち主であった人の名が墨で書かれていました。遺産整理の時、家族が手放したのかなと、お爺さんは余計なことを考えました。

碁石は一つずつ丁寧に磨きました。ほこりが取れると、黒い碁石は那智黒、白い碁石は蛤でできているようです。碁笥《ごけ》は檜。お爺さんは良い買い物をしたとにっこりし、コロナの流行が収まり、老人施設で碁が打てる日が1日でも早く来ることを祈りました。

そうそう、それまでに、少し碁の勉強をしておかねばならない。学生時代、昼休みの短い時間に弁当を食べながら打ち、大学を卒業してからも研究室で時間の合間に打っていたのでじっくり考えて打つ習慣がない。ひどいざる碁だ。若い頃読んだ碁の本をもう1度読もう。碁のソフトも発売されている。忙しくなるぞ。お爺さんは喜びを感じていました。

ある お爺さんの１日　～野球～

１度減りかかったコロナ患者の数は再び増加の傾向を見せ始め、インフルエンザの患者も多くなっています。流行は若い人が中心になっており、電車の中で若い人達がマスクをしてない姿が多く見られます。せめて大勢人が集まるところではマスクをした方が良いのではないかと思っています。

お爺さんは高齢者なので罹れば、死亡するかもしれません。暑くて、煩わしいのですが外出の時は必ずマスクをしています。

長いコロナの流行のため老人施設ではボランティアの受け入れは行わなくなっています。今日は日曜日です。お爺さんは散歩のコースを変え、少し遠いのですが小学校まで行くことにしました。

日曜日には、小学生が野球の試合をやっているのです。校庭は道路より低いところにあり、校庭に下りる階段から試合はよく見えました。いつもは校庭に入ることはしなかったのですが、すぐ近くで見てみたくなり係の人に話をすると、快く承諾してくれて椅子まで用意してくれました。

小学生も5年生、6年生となるとたいしたもので、投手の投げる球はかなりの球速がありました。コントロールはあまり良いとはいえませんが、四球の走者は出しません。ゴロの捌き方や送球はなかなかのものです。

お爺さんは一生懸命見ていました。自分の小学校の頃を思い出していたのです。軟式のボールで野球をやったのは小学校6年生の時でした。三々五々、近くの空き地に集まってやったものです。用具がなかったためお互いに貸したり、借りたりしていました。お爺さんに死球を与えた同級生は去年、鬼籍に入りました。高く舞い上がったセンターフライを目に捉え落下点に入り見事にキャッチしたことやライトの左を抜く2塁打を打ったことなどが脳裏に浮かんでいました。

野球は終わりました。係の人がお爺さんに声を掛けました。

「ボールを打ってみませんか」

「あの速いボールは私には打てません」

とお爺さんは答えました。そう答えはしたものの、本心は1度で良いからバッターボックスに立ちたい、バットを振ってみたいと思っていました。

「大丈夫です。ゆるいボールを投げるように言っておきます」

お爺さんは3、4回、バットの素振りをしてからバッターボックスに入りました。1球目は山なりの遅いボールでした。お爺さんは左手でバットをしっかり握り、右手は柔らかく握り、タイミングを取っていましたが、タイミングが合いません。2球目は外角寄りの高めのボールです。お爺さんは迷わずバットを振り抜きました。バットは球を捉えライトの頭上を越えました。お爺さんはすぐには走り始めませんでした。バットを振り切った状態ですぐ走り出すと腰砕けになり転んでしまうからです。ゆっくり1塁まで走りました。お爺さんは喜びで全身が震えました。お爺さんの1回だけのバッティングは終わりました。

バッターボックスに入った時からボールを打って1塁に達するまでお爺さんはボール以外の物を見ませんでした。耳には何の音も聞こえませんでした。お爺さんは自分の集中力にびっくりしました。自分もやればまだまだできそうだ。

見物していた人達から「オー」という歓声が上がりました。いつもは電線の上にいる5羽のカラスは今日はバックネットの金網の一番上に陣取っています。そして、カラスの言葉でブラボーと叫びました。

お爺さんはずうずうしいと思いましたが、投げさせてほしいと言いました。係の人は快く承諾してくれました。

投球練習の時、投げる時に右肩が開かないように、打者にボールが当たらないように心掛けました。低めに投げようとしましたがこれはできませんでした。

打者に向かいました。ボールは高く外れボールスリーになりました。4球目の高めの、お爺さんの投げた球としては速い球を打者は打ちました。球はバットの上っ面に当たりピチャーフライになりました。

両目でしっかりボールを捉え、顔の前でしっかりとボールを捉えました。何とも言えぬ良い緊張感が全身を包んでいました。子供の頃の自分がそこにいることに気付きました。年を取ったことを嘆かず前を向いて行こう。積極的に何でもやろう。「高齢者にとって世界は希望に満ちている」とお爺さんは思いました。

5羽のカラスは声をそろえブラボーと叫びました。

初夢

お爺さんとお婆さんは高齢者の二人暮らしです。二人とも80歳を越えてからにわかに体力の衰えを感じるようになっています。何か特別においしいものを食べたいとか、海外旅行に行きたいという意欲もなくなっています。仕事一つをやり遂げる毎に、そのたび毎に一休みします。その一つ、一つに時間が掛かります。二人にとって24時間生きるのは大変なことなのです。

お爺さんは朝ご飯を食べ、薬を飲むと大仕事を済ませた気持ちになり、疲労を感じうつらうつら寝てしまいます。毎日、５千歩の散歩を心掛けていますが、時々さぼっています。その日の体調によるのですが、散歩をすると夜、早く眠くなるので散歩をさぼることになります。不眠を感じたことはなく、高血圧症や糖尿病を抱えていますが夜中に排尿のため目覚めることはありません。体に痛いところはなく、年齢より若いのではないかと自分では思っています。それでも、視力の衰えを感じ、耐えがたい肩こりに悩まされることがあります。漢字が思い出せなくなり、電話をするにしても電話番号の入力が遅いとつながらず手間が掛かります。便利になった反面高齢者にとってはやりにくい世の中になりました。お婆さんは、年を取っても女は可愛くないといけないと、毎日、念入りに化粧をし服装を整えサプリメントを飲んでいます。皮膚の色艶が良いのはそのためだとお婆さんは信じています。小柄で小太り、BMI27、日本人女性としては最も長生きのできるタイプです。膝の痛みを抱えていますが、原因不明です。歩かないでいると、ますます歩けなくなるとプールに行くなど積極的に励んでいます。食欲は旺盛です。食事を取った後は必ず30分は居眠りをします。趣味はピアノ、演劇。年を取った、疲れやすくなったと言いながら全てに積極的に取り組んでいます。

元日、真冬にしては陽射しが暖かく降り注ぐ部屋で、朝食を食べ終えたお婆さんは薬を飲み始めました。その時、薬の1錠が手のひらから滑り落ち、出っ張った柔らかいお腹に落ちました。薬は意思があるかのように壁に黒い影を落としながら、ポーンと跳ね上がり、2メートル先で口を開けて居眠りをしているお爺さんの口に飛び込みました。お爺さんは思わず飲み込んでしまいました。

お爺さんはびっくりして、お婆さんに訊ねました。「この薬は何の薬かね」

お婆さんは笑って答えました。「心配いりませんよ。女性が若返って美しくなる薬ですから」

それを聞いてお爺さんは安心しました。

翌朝、目覚めた時お爺さんは自分の胸が少し大きくなっているのに気付きました。体全体に肉が付き、浮き出ていたあばら骨は見えなくなっていました。肌は潤いを持ちかすかな体臭がありました。

お爺さんに遠い記憶がよみがえりました。そうだ、若い時彼女の手に初めて触れたあの時のことだ。手のひらのなめらかな感触、鼻腔を満たした甘い香り、懐かしい記憶に胸はぎゅっと締め付けられて息苦しさを感じました。

2日目の朝、目が覚めると、お尻が大きくなり、太股が太くなっていました。小さくなって皺の寄っていたお尻に触ってみると固く筋肉が付いていました。そうだ、若い頃友人とゴルフのコンテストでドライバーの飛距離を競った時330ヤードで優勝したのだ。お爺さんはその時のことを思い出し、嬉しさに、身の震えるのを感じました。

3日目、お爺さんは、お婆さんの鏡台に向かいました。顔色は白くつやつやし、落ちくぼんでいた頬には肉が付き唇はほんのり紅く、瞳は黒く光沢を持っていました。禿げていた頭はウエーブした黒髪で満たされました。どこから見ても大変な美人です。お爺さんは自分の顔に見とれました。それから恐る恐る眉を引き、頬紅を塗り、紅いルージュで仕上げました。どうしてどうして誰が見ても立派な出来上がりです。

それから、お婆さんのクローゼットを開けました。一番派手な上着とスカートを身に着けストッキングも一番色使いの華やかなものを選びました。最後に髪飾りはピンクのカチューシャ。靴はキラキラアクセサリーのスニーカー。

そして、吉祥寺の街に出掛けました。街は大騒ぎになりました。絶世の美女の出現か。あまりの人だかりに警官が出動し、新聞社からもカメラマンが駆け付けました。テレビ局からの6人組のクルーは撮影を始め、昼のワイドショウの話題になりました。

すっかり、気分を良くして帰宅すると、隣の家の鈴木さんのご主人から電話がありました。

電話の声は恐る恐る、お爺さんであることを確かめた上で、どうしたらそんなに若返ることができるのかと聞きました。お爺さんはいきさつを話した上で、よろしかったら薬を

1錠差し上げますと言いました。電話が終わるか終わらないうちに鈴木さんはやって来ました。

驚くべきことがありました。隣の鈴木さんにも同じ変化が始まったのです。お爺さんは考えました。これは突然変異ではないのか。突然変異は一定地域の限られた種に発生し合目的的であるとされている。そうだとすれば、吉祥寺だけではなく武蔵野市全体の高齢者に同じ変化が起きるはずだ。そうだ、武蔵野市全体の老人にこの薬の服用を勧めてみよう。

吉祥寺の商店街に出掛けて行くと、いつにも増してものすごい人だかりができました。頃合いや良しと薬の話をすると集まっていた見物人はこぞって薬を買い求めました。

一週間後、吉祥寺の街は着飾った美しい中年の女性で埋まりました。ランチ時のレストランは満員、その他、ラーメン屋を始めとする飲食店も満員、井の頭公園も吉祥寺大通りも映画館も満員になりました。これに目を付けた人手不足に悩む商店街の主人は街を行く女性に声を掛け店員として採用しました。吉祥寺の街は大賑わいになりました。

薬の効き目に目を付けた人の中には胃ろうを付けている自分の父親に試してみました。そうするとどうでしょう。次の日には胃ろうがとれ、3日目には着飾って化粧をして街に出掛けていきました。同じ変化は認知症や脳梗塞やその他の寝たきり老人にも生じました。

老人に費やされていた医療費は大幅に削減され国や地方自治体の財源は豊かになりました。

着飾った可愛い女性が街にあふれたことは若い年代層にも影響を与えました。特に若い男性達は盛りの付いた猫状態になり、次から次へと結婚しました。そして子供を作りました。首相はこの薬の効き目が全国に広がれば異次元の少子化対策になると考え、薬の研究のための国家プロジェクトチームを立ち上げました。

日本の前途は良い方向に向かいそうです。

明け方、お爺さんはお婆さんのものすごいくしゃみで目が覚めました。お爺さんは顔をなでてみました。頬はこけ、体を見ると筋肉のない胸にはあばら骨が浮かんでおり尻はだらしなく垂れ下がっていました。世の中がこの初夢のように変われば良いのにと思いました。

キリストの像

昭和23年、浩は小学校1年生になった。小学校は豊岡小学校という。港区にあり自宅からは小学生の足で20分くらいのところにあった。自宅は芝田アパートというアパートの1室であったが、アパートは鉄筋で4階建て、所帯数からいえば現在のマンションに相当する。

配給の食糧が大八車で届くと子供達は大声で、配給、配給と叫んでアパートの住人に知らせた。配給のトウモロコシの粉はまずくて食べられなかった。芋の缶詰は何とか喉を通った。田舎で育った私には配給の食糧はどれもまずかった。

外に出ると白い壁に焼夷弾のガソリンの痕がくっきりと残り、爆弾の落ちた痕なのか地面のえぐれた痕が残っていた。道路には米軍のジープが走り、フォードやシボレーといったアメリカの車もその優雅な姿を見せていた。

自宅から20メートルくらいのところに通りに面したところはガラス張り、室内は派手な原色の装飾がなされている建物が現われた。何でもワッチタワーとかいう教会で牧師はハワイ出身の2世とのことだった。

この教会では1週間に1回午後7時から英語を教えてくれるので1回も休まず通った。教会のジープに乗せてもらって近くをドライブしてもらったことがある。初めての体験で感激した。駅の改札口で教会のビラ配りに協力したこともある。

ワッチタワーが物見の塔というキリスト教の一派であり日本で布教していることを知ったのは大分後のことだ。

豊岡小学校の講堂に入った時、中は薄暗かった。壁に幾つかの絵が飾られていたが、その中に、十字架に掛けられた男の像があった。手首から血が流れ腰のあたりは薄い布で覆われているだけだった。男の上げる苦しみの声が聞こえてくるようだった。この像は2度と見たくないと思った。漫画の妖怪や化け物の方がずっと可愛い。

母親に、今日見た像について話をしたら、それはキリストの像だと教えてくれた。何で十字架に掛けられたのかは知らなかった。当時、母はキリストの贖罪につての知識はなかったようだ。

母親は近所の人に誘われたのか、自分が希望したのか分らないがワッチタワーの聖書研究会に参加し始めた。何でも新しいものに飛び付くくせのある母のことだ、誘われてすぐに参加したのだろう。

研究会の中に吉田さんという方がいたが、近所の人から、理由は分らないが敬遠されていて、周囲の人との付き合いがない。従って、浩より1歳年下の男の子がいたがアパートの中に遊び友達がいない。吉田さんは浩が自分の子供の遊び相手になってほしいと母に頼んだ。男の子は晃といった。晃君が通っていた小学校は公立に通っていた浩と違ってお金持ちの子供が通う私立の小学校だったため、近所に友達がいなかったのかもしれない。しかも、晃君の学校は遠いところだった。

アパートには時々、紙芝居屋がやって来た。水飴、塩昆布そして煎餅などを売り、ある程度子供の数がそろうと紙芝居をやった。娯楽のない時だったので紙芝居は子供達にうけたが、この子供達の集団に晃君の姿はなかった。水飴を始めとする食べ物を晃君の母親が嫌ったのか、あるいは、終戦後であったため子供達の服装は粗末だった。そんなことが晃君を紙芝居から遠ざけたのだろう。

吉田さんから連絡があり決められた日に部屋を訪ねた。見たことのない甘いお菓子をご馳走になった。お茶は緑色をしていた。少し苦かったがおいしかった。浩は徳島県の出身で普段、ほうじ茶を飲むので特別なものと感じた。それから後は男の子同士。おもちゃの刀を振り回し、部屋の中をドタバタ走り回った。吉田さんは笑って見ていた。

次の週は銀座のレストランでオムレツとアイスクリームをご馳走になった。浩はアイスクリームを皿まで食べてしまうのではないかというくらい綺麗に食べた。晃君から少し残せ、下品だと言われた。

不思議なのは、晃君の家はお父さんが不在なことが多い。母親にそのことを訊ねたら、子供には分らないことだけど、あの人はお妾さんなの。このことは他の人に言わないようにと口止めされた。

ある天気の良い午後2人で近くの山に登ることにした。山といっても低い山で、誰にでも登れる山だった。誰が名付けたのか分らないが子供達は爺山《じじやま》とよんでいた。家から近く、歩いて15分くらいのところにあった。頂上からは東京湾が見えた。私は子供同士で3回ほど登り、道筋はよく分っていた。

頂上に登り、景色を眺めてから山を下り始めたが途中で道が途絶えてしまった。何回か来ているので安心していたら、下山の出発点で道を間違えたようだ。前に進むのは良くない。下ってきた道を引き返すのが一番良い方法だが、今下って来た道がよく分らない。歩きながら目印になるものを見ていた訳ではない。いよいよとなったら山を登って行こうと思った。晃君は私の申し出に賛成した。あせる必要はない。まだ陽は高い。

とにかく、山の上を目指そうと1歩を踏み出した時、どこからともなく、優しい声が聞こえてきた。声は私達に、左手に大きな木がある、そちらに歩き、木を越えると道があるからその道をたどれというものであった。小鳥のさえずりも左手から聞こえ、木々のざわめきも左にある。全てが私達を左手に誘っていた。

私達は歩き始めた。目に見えぬ力に誘われて歩みを続けた。広い、人の歩く道があり、そのまま頂上につながっていた。私達は無事に下山した。

私達はほっとして、あの声の主は誰かと話しあったが分らなかった。

翌日、晃君が話してくれた。あの日の出来事を母親に話したらイエス様が助けてくれたのだという。

イエス様はいつも一緒にいてくださり危険や苦悩から人々を助けてくれるのだという。あの山で聞いた声はイエス様の声だったのだ。

晃君にお母さんはキリスト教を信じているのと聞いたら、そうだよと答えた。晃君は自分も信者だと言った。

今度行った時、あのキリストの像について聞いてみよう。

吉田さんはニコニコして私の疑問に答えてくれた。

「人間の犯した罪をキリストは自分の死をもって、十字架に掛かることで人間の受けるべき刑罰を受け、人間の贖罪が成立つ」

と言ったが、何のことか分らなかった。

吉田さんは「罪深い人間の罪を許してもらうため十字架に掛かり、それによって人は罪から解放された」と言い直したが、人間が罪深いという意味がどうしても分らなかった。

吉田さんは「分らなければそのままを信じるように、そのままを受け入れるように」と言った。

さらに、キリストは優しく、誰にでも愛を注いでくれる。子供は大好きだと付け加えた。

あのむごたらしいキリストの像の意味が少し分った。キリストの像が身近な物になったように感じた。

私が晃君と遊ぶと吉田さんは喜んでくれる。自分は少しキリストの手助けをしたのかな。

タイムマシーン

大正5年、三木一郎は徳島県の三好郡で庄屋をやっていました。収入の主なものは造り酒屋からのものでした。店を開いていましたがそこからの収入は微々たるものでしたが、広い農地を持ちそこからの収穫は家族を養うのに十分でした。

庄屋をやっていると村中の話が伝わってきます。どこかの家の年寄りが死に、少ない遺産を兄弟で分けるはずが長男が全部自分の懐に入れ、騒ぎになっているとか、どこかの家に子供が生まれた、誰かと誰かが結婚するとか、狸に化かされて少ない所持金を巻き上げられたといった、他愛のない話がほとんどです。

徳島県はなぜか狸が有名です。狸はいますが狐はいません。村民の間ではしばしば狸に化かされた話が話題になります。ある百姓は仕事を終えて道を歩いていましたが真っ直ぐな道はいつまでも続き自宅にたどり着きません。くたびれた百姓は道の上で寝てしまいます。翌朝、目が覚めると百姓は自宅の家の前で寝ていたことに気が付きました。

また、ある百姓は仕事の帰り、古い墓石の崩れ掛かった墓地の前を歩いていました。墓地からはざわめき、歌声、三味線の音が聞こえてきます。耳を澄ますと、ある墓石から聞こえてきます。

その墓石に近付くと小さな穴が開いており、そこを覗くと、何と狸が結婚式をやっていました。それぞれの狸が手足を振って踊り、くるりと宙を回ったり、狸が5匹並んで立ち上がり音楽に合わせて尻尾を振っています。

何て可愛らしいのでしょう。面白いのでしょう。百姓はあかず眺めていました。鶏がコッケコッコーと時を告げました。朝になったのです。狸達は姿を消しました。

いかにも狸に化かされた話のようです。この2人は酒が好きでよく間違いを起こしては言い訳に狸を持ち出しており、誰もこの話をまともに受け取ってはいません。

しかし、広い1本の道、両脇は稲穂が揺れています。人っ子一人いません。

夕方こんな道を歩いているといつまで経っても自分が同じ場所にいるような気がしてきます。途中にある古い墓の中で狸が人を化かそうと作戦を練っているかも知れません。狸が人を化かす話がまことしやかに話されるのも無理のないことです。

しかし、今回、庄屋のところにもたらされた話はこういった他愛ない話とは少しおもむきが違っていました。

吉野川の両岸は深い竹藪が続いていますが、その竹藪を抜け畑が広がるあたりに、夜な夜な狸が現われて人をだますというのです。出された酒を飲んだ者はすごい下痢になり、団子を食べた者はすごく嘔吐しました。

これはほっておけない。庄屋の一郎は天秤棒を用意し夜を待ちました。一郎は月の出を待ち出掛けました。いましたいました。

村人に教えられたあたりに、赤い着物を着た細身の背の高い、白いうなじに何とも言えぬ色気をたたえた女がいました。狸に間違いありません。それにしてもよく化けたものだ。日頃、阿波女の背が低く、小太りで、手足は短く筋肉は盛り上がり、畑仕事で真っ黒な顔を見慣れている男達には、クレオパトラか楊貴妃かはたまた天女のように見えたとしても非難することはできないと思いました。

1歩1歩、一郎は歩を進め女に近付きました。一郎は日露戦争に出兵したことのある剛の者でしたが、この女の何とも言えない色気には抵抗しがたくなりました。体中がムズムズしてきました。一郎は天秤棒で自分の足の甲を強く突きました。

「旦那様、お仕事の帰りにお酒を召し上がりませんか」女は一郎に言いました。鈴を転がすような良い声で一郎はまたまた色気に負けそうになりました。女から杯を受け取り臭いを嗅ぎました。何とも言えぬ異臭がします。

「これは何だ」

一郎は女に聞きました。

「灘から取り寄せた阿波の生一本です」

女は答えます。

「このような臭い酒は飲んだことがない」

一郎は言い杯の酒を女の頭に注ぎ持ってきた天秤棒で女の頭を叩きました。不意を突かれた女は「きゃっ」と叫び、化けの皮が剥げました。体長70㎝くらいの普通の狸です。すかさず、一郎は狸の太い尻尾を足で踏みつけました。

「村人を化かすのをやめないと、狸汁にしてしまうぞ」

と一郎は言いました。

「勘弁してください。私には5匹の子狸がいます。私がいなくなると、飢え死にします。命だけは助けてください」

と涙を流しながら訴えます。

「殺生はきらいだ。命は取らぬ」

一郎は優しく言いました。狸のほっとした顔を見ながら一郎は言葉を続けました。

「この臭い酒のもとは何か。飲んだ村人が下痢をしたのはなぜか。団子の中身は何か。なぜ、吐いたのか」

「酒は私のオシッコです。オシッコを集める時隣の家の馬が小便をしてそれが混じってしまいました。人間の世界でもありましたよね。つい最近、薬の製造工程で二つの薬が混じった事故が。酒の成分に馬が混じったため強い酒になってしまいました。団子は私の糞です。蛇と蛙のエキスが入っていてよく効きます。これだけなら良かったのですが、うっかりミミズの成分が混じってしまいました。前日、久しぶりにミミズを見つけて食べたのが悪かったのです」

一郎はさらに続けました。

「なかなか見事な化けっぷりだったな。夜、男の独居老人宅に行き悪いことをしているのはお前か」

「いえいえ、とんでもないことです。我々狸には人と交わってはいけないという法律があり、破ると死刑です。狸の世界にも法律はあります。夜、老人宅で良いことをしているのはヨシという元気の良いやり手ババアです。この間は夢中になった独居老人が死にました。事情を知っている人達は皆、うらやましい死に方だと言っています。何だったら紹介しましょうか」と狸は言いました。

「いやいや」と一郎は顔の前で手を振りました。

「長いこと引き留めて悪かった。村のことについて、私以上に色々知っているようだな。私は庄屋の主だ。夜、暇な時訪ねてきて村のことを話してくれないか」

と頼みました。

狸はにっこり笑い、「承知しました。2、3日のうちにお伺いします」と言いました。


3日後、夜、トントンと扉を叩く音がしました。例の狸がやって来たのです。庄屋はこの日を待っていました。狸と話がしたかったのです。狸は背中に風呂敷包みを背負っていました。かなり重そうです。狸は風呂敷を広げました。中身はまばゆい光を放つ小判でした。狸は話し始めました。

「穴を掘っていたら、土の中から壺が出てきて中に入っていました。人間の大好きな小判です。この辺鄙な村で小判を使ったら、私がどんなに上手に人間に化けていても怪しまれます。全部差し上げますのでお使いください。この地域は作物ができず子供達は飢えています。農作業にかり出されて学校にいけない子供もいます。子供に十分食料が行き渡るようにしてください。

米が不作だとネズミの数が減り、ネズミを食べる蛇は痩せてしまい、蛇を食べる狸も痩せてしまいます。地域の動物の生息は人間にかかっています。徳島県は水が豊富という以外何もありません。これからの発展のためには子供の教育が大事です」

狸は一気にしゃべりました。

「狸にしては世の中のことについて詳しいな。どこからその知識を得たのだ」

一郎は感心して聞きました。

「この間、中学校の床下に滑り込み、授業を聞きました。この間は女学校へ行き授業を聞きました。女学校では菜園で、パセリやレタスを栽培していました。少しかじりましたが西洋野菜は口に合いませんでした。どんどん新しいものを取り入れようとする気風のあるのは頼もしいです」

「私が小判を使っても怪しまれる。他の庄屋とも相談して使い道を考えよう。女学校で西洋野菜を作っているとは知らなかった。他に何か話はないか」一郎は話を続けました。

「庄屋さんもご存じだと思いますが、滝下屋という大店がありますよね。店の番頭が売り上げをごまかし、岡場所でどんちゃん騒ぎをし、隣村に女を囲っています。滝下屋の主人は仕事をほったらかしにし、バイオリンの練習に明け暮れしています。床下で聞きましたがバイオリンの音はのこぎりの目立てのような音で聞けたものではありませんでした。それでも『サラサーテ』とか『ツゴイネルワイゼン』とか言っていました。店が潰れるのは時間の問題です」

一郎はびっくりしました。滝下屋は県でも一、二を争う大店だ。江戸時代から続く老舗だ。隣村に行くのに自分の土地を踏んでいけると噂されている。何があっても行く先々のことが知りたくなりました。

一郎は狸に言いました。「何年か前、アイン何とかという外人のお遍土がやって来て泊めてくれと言う。1泊だけかと思い泊めたが3ヶ月も毎日飲み食いをして何か機械を作っていた。

別れる時機械はタイムマシーンと言い、3年先まで飛んでいけると言った。しかし、一部、部品が足らないため帰って来ることができるかどうか疑問があるとも言った。操作はスイッチを入れるだけだ。どうだ、この機械に乗ってみるかね」

狸は言いました。「3年先なら帰ってこられなくても何とかなるでしょう。お供します」

一郎はタイムマシーンのスイッチを入れました。初めに見えたのは狸の穴蔵だった。1匹の狸がおしめを当てられて寝ている。右半身が動かないようだ。一郎が、側にいる狸を見ると泣いている。

「あれは自分です。息子は隣の穴蔵に住んでいる狸の娘と結婚して子供を5匹産んだようです。よく介護してくれています。私は太って毛並みもつやつやしています。床擦れもありません」

「あの右から2匹目と3匹目の子狸はお前そっくりだな」

と一郎が言うと狸は声を上げて泣きました。

「いつも子供を大事にしていたから年を取って病気になった時大事にしてくれるのだ」

と一郎は言いました。

次に向かったのは滝下屋でした。吉野川に面した「辻」というあたりです。大きな酒蔵や黒い瓦の大邸宅が見えてきました。

丁度、滝下屋から主人一家が出てくるところでした。父親は家族に高知に行くと言っています。見送る人は誰もいません。驚くべきは主人の姿です。背中にバイオリンを背負っています。無一文になって高知県の知り合いのところまで落ちていく時もバイオリンは手放さなかったのです。主人の後ろには母親と10歳くらいの男の子が従います。

狸は自分は平凡な父親だったがそれで良かったのだと思いました。

庄屋の家は変わりがありませんでした。一郎は縁側で茶をすすっていました。少し白髪が増えているようです。

タイムマシーンの使用時間は1時間でした。自動的に狸と一郎は家に帰ることができました。

ミイラ取りがミイラになる

昭和大学医学部には夏季高山診療部という部があり、夏の間、白馬岳に登ってきた登山客で治療を要するような病気なった人の診療に当たるのを目的としています。医学部でも学生は診療に携わることはできませんので、医師免許証を持っている先輩の先生方の協力を得て活動することになります。

学生は午前中、注射器を始めとする器具を消毒したり、診察のため山小屋の一部を借用しているため、登山客の弁当のおにぎりを作ったりします。午後3時頃になると、お花畑かもう少し下の方までパトロールに出掛け、急病人の発見に努めます。次郎は幸いにして、急病人にぶつかったことはありません。しかしながら、1度だけ、パトロールに出た時、背の高い、つばの広い帽子をかぶった鬼気せまる女性とすれ違ったことがあります。夜になり、この女性は白馬山頂で自殺未遂者として保護されました。誰の目にも異常と映ったのです。

白馬岳は穂高岳や槍ヶ岳と並ぶ北アルプスの山の一つです。標高は２９３２m、白馬大雪渓があり、雪渓を登り切るとお花畑があります。

一般的な夏の登山コースは、猿倉―70分―白馬尻小屋―３００分（白馬大雪渓）―村営頂上宿舎―20分―白馬山荘―15分―白馬岳頂上。

白馬駅から猿倉まではバスの便があります。白馬尻小屋までは、森の中の、ゆるい登山道を歩きます。小さな川が流れていますが、大雨の降った後でなければ事故の心配はありません。昭和40年代に増水した水に流され一人死亡したことがありました。白馬尻小屋からはいよいよ白馬大雪渓を登ることになります。インターネットで調べると、時間は３００分と書いてありますが、健康な男性なら１２０分程度で登れると思います。夜行で来て、すぐ登山する場合は時間を長く見ておいた方が良いと思います。

注意しなければならないのは落石です。雪の上を滑りながら落ちてくるのでしゅしゅしゅと音を立てながらものすごいスピードで落ちてきますが、ほとんどの落石は途中でクレバスに落ちてしまいます。しかし、注意は必要です。ある高等学校の登山の一行が落石に遭い数名の負傷者が出たことがありました。

雪渓を登る時はアイゼンが必要です。雪渓には赤い粉が撒かれており、これに従って登れば道に迷うことはありません。道を間違えて右方向へ登ると登ることも引き返すこともできない絶壁に遭遇します。ここでの死亡者は私の知っている限りでは1名です。誰でも登れる山ですが注意は必要です。前の人が歩いた靴の後をたどることです。初めて登る時、疲れて歩くのが嫌になった時は、ゆっくり前の人の靴の後をたどりましょう。

大雪渓を登り切り、1mほどの道幅の場所を横切り小雪渓を越え、少し登るとお花畑です。ここまで来れば一安心です。村営の頂上宿舎がかける、『白馬小唄』という歌が聞こえてきます。

村営頂上宿舎から20分で白馬山荘、15分で白馬岳の頂上です。ゆっくり登ってきても、村営頂上宿舎からの登りは急に酸素が少なくなったように感じます。3千メートル近い標高のせいだと思います。

次郎が初めて白馬岳に登ったのは昭和37年です。当時の山小屋は部屋と布団があり、大きな食堂、トイレがあるだけでした。風呂はありません。山の上は涼しく乾燥しているので、1週間風呂に入らなくても大丈夫です。さすがに2週間となると下着を替えないと臭くなります。トイレは風の強い日は落とした紙が強風に吹き上げられてお尻のところに舞い戻ってきたことがありました。

建物は木造です。節穴や窓の隙間から風が吹き込むとヒューヒューと何かもの悲しい音をたてます。

次郎のような1年生3名を含めた総勢14名のパーティーは朝8時のバスに乗り、猿倉から歩き始めたのは9時頃でした。白馬尻小屋に着き、いよいよこれから大雪渓を登り始めるのですが、雪渓を見上げると行く手を塞ぐ雪の壁のように見え登る気力が失せました。次郎は引き返せるものなら家に帰りたいと思い、ぐずぐずしていたら上級生から早くアイゼンを付けろとうながされ、やっと登る決心が付きました。

登る時になったら、今度はパーティーの先頭をやれと言われ、仕方なしに一番前に出て登山を開始しました。今日の日に備え、1ヶ月前から縄跳びやジョギングをやっていたので、バテてしまうようなことはないだろう。先頭は自分に合ったペースで歩ける。全体のことを考えなければならないが皆自分と同じ年頃だ。私の足取りが速いという文句は出ないだろう。そう思い次郎は歩き続けました

大雪渓の中頃で休憩し昼食となりました。後ろを振り返ると登山客が延々と続いています。

昼食の休憩は終わった。さあ、出発だ。大雪渓を登り終わると小雪渓を横切る事になる。雪の上に切り開かれた幅1メートルほどの雪の上の道を歩くのですが右側は切り立った雪渓です。足を踏み滑らしたらどうしようかなどと不安になりました。無事に渡り切ると、今度は大きな岩がゴロゴロしている急な斜面が広がり、そこを登るとお花畑があります。ここまでくれば安心です。

山小屋が流す『白馬小唄』の歌が聞こえます。重いリュックを下ろし、仰向けに寝転がってみます。白馬岳でチョウチョを見たことは1度もありません。高山植物は沢山あります。女性の登山者は可愛い高山植物を見つけ、きゃきゃきゃと笑い合い、今までの登山の疲れを忘れているようです。

10分も登れば村営宿舎、さらに20分登れば白馬山荘、15分で頂上です。

14人の部員は村営と山荘の二つに分かれ明日からの診療に当たることになります。

真夜中の12時、頂上に登ってみました。深夜なのに大勢の登山客がいました。夜空は、黒くない。暗いが、すこし紫色がかっているように見えます。手の届くところに宇宙があるのを感じます。

翌朝は、出発の早い登山客がドタドタと廊下を踏み歩く音で目が覚めました。朝食を済ませ、外に出てみると、ハイマツの間から雷鳥が姿を現しました。親子連れで5羽の集団です。

山小屋に戻り、布団を片付け、掃除をし、診療の準備が整うと、登山客の昼の弁当のおにぎり作りを手伝うことがあります。それ以外の時間は自分が自由に使えます。医学書を読んでいる者もいますし、ロシアの文学書を読んでいる者もいます。午後の時間は近くの白馬大池まで散策をしたり、パトロールに出ます。パトロールに出た時の忘れられぬ思い出はブロッケン現象に出会ったことです。目の前の雲に自分の影が映り、周囲に虹のような輪が現われました。雲の流れが速く、あっという間に消えてしまいました。

大雨の日は登山客に「後15分くらいですよ」とか「もうすぐ山小屋です」と声を掛けることにしていました。登山客はほっとした表情になり足取りが軽くなります。

大学在学中は毎年登り、計6回登りました。頂上から白馬尻まで往復したことが2回ありこれを含めると計8回になります。これだけ登り下りすると山は自分の庭のような感じになってきます。

大学を卒業してからは2回登りましたが、40歳で登った時は下山途中で膝がガクガクになり横向きになって下りたり、後ろ向きに下りたりし苦労しました。新宿駅で階段を下りる時手すりに掴まり、やっとの思いで帰宅しましたが、玄関に座り靴を脱ぐのも大変でした。山は下れなくなったら登るべきではないとつくづく思いました。

白馬岳の夜は花火をやったことがありましたが、今は登山客からうるさいと言われてできなくなっています。

夜は部屋で車座になり、先輩の先生から病気の話や経験談を聞きました。次郎も大学を卒業してから登った時は自分の臨床経験を話しました。その時、ふと、先輩から聞いた恐ろしい話を思い出し、その話もすることにしました。

その日の夜は急に風が強くなり、木の節穴から風が吹き込みヒューヒューと音を立て、ゴーという音は人の叫び声に聞こえました。お膳立てはできています。人間の情念を表すには阿波弁が良いといわれていますので、次郎は阿波（徳島県）の出身なので少し阿波弁を話に混ぜて、恐ろしい話をすることにしました。

まず凍死した男の話。遺体は私達の山小屋に収容されました。毎晩、寝静まる頃になると

「寒い、寒い、何でこんなに寒いのか。誰ぞ助けに来んのかのう。眠い、眠い。このまま死ぬのか」という声が聞こえてきます。廊下の壁に登山姿の男が現われるというものです。

皆の反応を見ていると心なしか青ざめています。もっと怖がらせよう。

もう一つは落石に遭い死亡した女性の話です。友達数人と来ていましたが、このグループを落石が襲い一人が死亡し、遺体は山小屋に収容されました。夜になると「キャー」という悲鳴が聞こえ、そして友人の名前を呼び、「痛い、痛い、私、死ぬのかしら」という声がします。今晩のように風が強いと、風の音が悲鳴に聞こえ、皆かなり怖がりました。

次郎は皆が怖がったので満足しました。そろそろ寝る時間になりました。トイレに行って用を足し、トイレを出ようとした時、次郎の左の二の腕が強い力で掴まれ、後ろに引き戻されました。恐怖にかられた次郎は力一杯腕を振り払いトイレから出て部屋に帰り布団をかぶりました。呼吸は乱れ心臓がドキドキしていました。死んだ人の霊が何かしたのかしら。皆を怖がらせたのでバチが当たったのかしら。考えているうちに寝てしまいました。

翌朝、トイレに行き、中の様子を調べてみました。トイレの出口の、丁度次郎の二の腕の高さに次郎のシャツの一部が破れて引っ掛かっていました。シャツを取り除くと小さな釘の頭が現われました。何てことはない。夕べ、トイレから出る時、シャツが釘に引っ掛かっただけのことなのでした。怖い話を一番怖く感じたのは次郎自身かもしれません。そうでなければ、あんなに慌てふためくことはなかったでしょう。自業自得です。

新入生の時の山での1週間はあっという間に過ぎましたが、集団生活の中で学んだものは多くありました。できたらまた登りたいと思っているうちに80歳を越えてしまいました。時々、テレビで放映される夏季高山診療部の活動を懐かしく見ています。

提灯の灯

和夫の郷里は四国の徳島県です。徳島県は四国の東部にあり北部は平野が開け水量豊富な吉野川が流れています。南部は山岳地帯で県の75％は森林地帯です。地元にはこれといった産業はなく、鳴門の渦潮、大塚の美術館、祖谷渓谷、大歩危、小歩危などの観光名所があり、全国的に有名なのは阿波踊りです。

吉野川は地を穿って流れているため農作物を栽培するためには汲み上げなければなりません。灌漑に適さない川です。農作物ができないと人はいやしくなります。徳島県人は東京に出てきて出世した人があまりいません。お互いの足を引っ張り合うのが原因ではないかといわれています。

阿波踊りで全国から大勢の観光客がやって来ました。しかし、旅館は部屋がなく、客の一部を廊下に寝かせ、その人達からも1部屋分の料金を支払わせました。その話を聞いた時徳島の旅館ならやりかねないと思いました。一方ではお遍土さんに自分は食べなくても御報謝するという素晴らしい習慣もかってはありました。

気象条件は夏暑く冬寒く住むのに適しているとはいえません。夏の夕凪の時は体を動かす気にはなりません。冬に凍り付いた道を歩くのは大変でした。昭和22年に東京に出てきた時は夏も冬も過ごしやすいのにびっくりしました。

現在、徳島県の人口は70万人くらいです。関西地方に人の流出が続いています。若い人に魅力のない県のようです。

前置きが長くなりました。本題に入ります。

和夫の祖父が東京の医大を卒業し徳島県で開業したのは明治40年頃です。辺鄙な田舎に近代医療の灯火をともした最初の人と言えましょう。

開業したのは三好郡の中庄《なかしょう》です。子供の頃の記憶なので間違っているかも知れません。

徳島駅から池田駅を結ぶ徳島本線が走っていますが、その中間に江口という駅があります。江口駅で降りて池田の方へ30分歩くと祖父の開業した医院がありました。

和夫の記憶にある昭和30年頃でも周辺は田圃で人家はあまりありませんでした。

明治時代、往診は徒歩か駕籠《かご》や馬に乗ることが多かったと聞いています。山奥から運ばれてくるケガ人は戸板に乗せられ3日3晩掛けて運ばれてくることがありました。

祖父が駕籠に乗って往診をした帰り道、駕籠に乗り揺られていると、突然、駕籠の中に狸が飛び込んできた事があったそうです。祖父は黙って狸を駕籠の中の衣類で隠し家に連れて帰りました。周辺の騒ぎから祖父は狸が村人から追われていることが分ったのです。帰宅すると、祖父は狸を解放しました。狸は後ろを見ることもせず一目散に逃げ帰ったそうです。

徳島県は台風の大雨のため山崩れがあり、被災者の治療に当たることもありました。5人ほどの被災者が担ぎ込まれました。全員に水を掛けて土砂を洗い流し傷口を消毒し、縫い合わせました。医院の職員、家族総出で治療に当たり、夜には治療は終わりました。夕食を終わり、やれやれと思っていたら、トントンと戸口を叩く音がします。祖父が戸を開けると1匹の狸がいました。よく見ると右足にケガをしているようです。人間にするのと同じように治療をして山に帰しました。狸は礼を言い帰っていきました。祖父は酔っ払うとよくこの話をしていたそうです。馬や牛も診察しました。昔の田舎の開業医は動物病院もかねていたようです。

台所には天井から沢山の山鳥がぶら下がっており、野菜や米も沢山ありました。治療代の払えない患者が物納していたのです。行路病者（とくにお遍士さん）は病気が治るまで医院に留まり、良くなった患者は薪を割ったり掃除をしたりして過ごし、十分体力が付いたところで自宅を目指して旅立っていきました。

焼き場（火葬場）が休みの時、亡くなった人は医院の空き地に木を組み遺体を載せ火葬しました。

ある日、祖父は往診を頼まれました。吉野川の対岸で1日仕事になりそうでした。当時は、お医者さんに掛かるのは死ぬ時だけということが多く祖父は出掛けました。

患者は往診先の一軒だけのつもりだったのですが、お医者はんが気はったという話が周りに伝わり何人かの患者さんを診察して帰宅する時は陽がどっぷりと暮れていました。煌煌と照る月影を頼りにうっそうと茂る竹藪を抜け、広い大きな白い石の転がる河原を歩き川岸にたどり着きましたが、渡し船はありません。

やれやれ、今晩はここで野宿か。祖父は決心しました。春で暖かい。月は満月。月に照らされた吉野川は蕩蕩と流れ岩にぶつかって上がるしぶきは金色や銀色に砕け散っていました。忙しい日々に吉野川をゆっくり見ることはなく、心のなごむのをおぼえました。流れる川の音に誘われるように祖父は謡曲の土蜘蛛を謡いました。「浮き立つ雲の行方をや～」

と一節を謡い終わるか終わらないうちに川の上流から渡し船の櫓のきしむ音が近付いてきました。祖父が振り返ると船尾に櫓を持った船頭の姿が見えました。船頭は祖父を見つけると「乗ってください」と言いました。船に飛び乗った祖父は「どうしてここが分ったのか」と訊ねました。

「対岸から見ていたのですが、竹藪が燃えるように明るくなり、その明かりは河原に続いていました。長い行列です。きっと、村の大切な人の見送りだと思って船を回しました。そら、今でも、あなたの後ろに見えますよ」と船頭は言います。

祖父は振り返りましたが、何も見えませんでした。

「私がここに着いたので、お見送りの人達は安心して帰ったようですね」と船頭は言いました。

船は船着き場に着きました。祖父は船頭にありったけの金を渡し、足りなければ取りに来るように名前と住所を教えました。しかし、何日経っても船頭は姿を見せませんでした。村人に船頭のことを訊ねても誰も知りませんでした。

この話はいつしか村人の間で祖父の徳を慕った狸達が祖父の窮状を救ったのだと言われるようになりました。

時代が変わり、人も狸も世代交代がありこの話を知っている者はいなくなりました。しかし、悠久の歴史を刻み流れ続ける吉野川は春の満月の夜祖父を運んだ渡し船があったことを忘れないと思います。

猫とネズミ

春めいてきて夕方になっても暖かい。帰宅して台所を見ると猫のパンダが空の皿を前にして、しくしくと泣いている。パンダは10歳の雌猫で、小さく細く、白と黒の体毛が生えている。ごくありふれた猫だ。しかし、顔を見ると白と黒の模様が左右非対称のためいびつで不細工に見える。おまけに、涙目で猫餌の黄色い粉末が目の周りに付着しており、あわれな顔になっている。よく見ると可愛い猫だが大分損をしている。

パンダ何で泣いているのかと聞いても猫にこちらの言葉が通じるはずがない。また猫がニャーと言っても何を言っているのか分からない。どうしたものかと考えた時、はたと思い付いた。大分前、大学病院に勤務していた時、肺炎で入院してきた60歳の男性がいた。専門の仕事は獣類言語学と言っていたが詳しい話は聞いていない。

肺炎はマイコプラズマ肺炎で1ヶ月の治療で完治した。入院中特に問題を起こすようなことはなかったが、入院している6人部屋の患者さんと看護婦から、食事の時出された牛乳を飲む時、皿に移して、口を近付け舌でぴちゃぴちゃ飲むと知らされた。まるで猫のようだと言っていた。患者さんにそのことを話すと、猫の発声について研究しており、その際、猫の舌の動きに興味を持ちまねをしていたら身に付いてしまった、牛乳はぴちゃぴちゃ飲む方が味がよく分りますよと言って笑った。

退院の時、猫人言語交換機と名付けた機械をお礼と言って置いていった。何でも、人の言葉を猫の言葉に翻訳し、猫の言葉を人間の言葉に翻訳する機械だそうだ。まだ、市販はしていないが、実験してみて結果が良ければ売り出すつもりだと言っていた。猫の声は1匹1匹違うのでどの猫にでも使えるという物ではなく、飼い主の声に似るので、飼い主がダミ声だと猫もダミ声になる。この場合は役に立たないが、優しい柔らかな声なら機械は良く反応すると言っていた。パンダはお医者様に飼われている猫だ。声は優しく美しく上品だ。機械は反応するだろう。

機械が売り出されたという話は伝わってこないし猫の言葉の翻訳などできはしないと、頭から思っていたので機械は物置にしまったままになっていた。取り出してほこりを払い電源を入れた。明かりが点いた。

パンダの耳にレシーバーを付け、口元にマイクロホンを置き、私もレシーバーを耳に当て口元のマイクに向かって「パンダ聞こえるか」と言った。「よく聞こえます」パンダは答えた。綺麗な声だ。

「悲しそうに、しくしく泣いているが何かあったのかな」

「大きなネズミが来て、奥様が焼いてくれた大好物の鯵の塩焼きを盗られてしまいました。しくしく。鯵を盗られたことも悔しいのですがネズミのくせに猫を全然恐れないのが悔しい。随分、なめられた。悔しい。しくしく」

「ネズミはどんなネズミだったの」

「体が大きくかっぷくが良いです。毛は毎日エステに通っているのか黒々とし、シャネルの5番でも付けているのか香水のような良い匂いがします。すごいイケメンで近所のネズミからは光源氏と呼ばれています」

「パンダは家に閉じ込めてあるはずなのに、どこから情報を得ているのかね」

「ご主人は出入り口はどこにもないと思っていると思いますが出入り口は方々にあります。一番よく使うのは台所の一番下にある通気孔です。あれだけの大きさがあれば猫は自由自在に通り抜けられます。ゴキブリもよく利用しています。

猫は何匹か集まって情報交換の機会を持つようにしています。ここから大きな道路に向かう道がありますね。5分ほど歩いた左手に小さな林があり、1本の大きな木があります。木の下は平らです。ここでは夕方6時頃寄り合いがあります。出席する猫は6匹くらいです。

寄り合いの場所はもう1カ所あります。スーパーの駐車場です。夜の9時くらいから始まります。集まる猫は15匹くらいで、集団は丸く円形を作り、うずくまります。どの猫も仲間の安全を確認し合い、確認が済むと皆笑顔になります。見ている人間には猫がニヤニヤしているように見えると思います。嬉しくなった猫の3匹ほどが集団の周りをスキップしながら巡ります。人間には猫が踊っているように見えると思います。

その場で情報交換が行われます。腹をすかしている仲間の野良猫がいたら人のよさそうな老人のところへ連れていき、餌をねだるように、悪いネズミに注意するように。こんなことが議題に上ります」

「猫は人間の知らないところで色々やっているのだな。ネズミの光源氏について情報を集めてほしい。どこに住んでいるのか。仲間はいるのか。人間に被害を与えているのか。被害を受けた猫はパンダの他にいるのか」

「イケメンネズミの家に、うっかり迷い込んだ仲間がいます。雌のネズミが4匹ほどいて、どのネズミもすごい美形だったそうです。ハーレムのようですね。仲間はうらやましいと言っていました。若いネズミ、子ネズミもいたようです」

「思ったより大所帯だな。やっつけるには大分手間が掛かりそうだ」

パンダは思った。自分は体が小さくどこかはかなげで頼りない猫だと思われている。こんな自分を、ご主人は生まれた時から大事にしてくれた。パンダはこの家の裏側の床下で生まれたのだ。住宅を建築した時床下の通気孔に柵をするのを業者は忘れた。そこから床下に入り込み親猫は5匹の子猫を産んだ。その中で私は一番小さく一番醜い子猫だった。親猫は子供のために餌を運んでくるのが大変だった。その時、ご主人は猫餌を持ってきてくれた。

2歳のまだ自分が野良猫だった時、高齢の男の撒いた毒餌のため5匹の野良猫が死んだ。その中には私の兄弟2匹と親猫が含まれていた。人間はむごいことをする。動物の中で一番たちが悪い。毒餌を撒いた男は自分の家の花畑に猫が糞をすることを嫌ったのだ。ご主人は私が被害に遭わないようにすぐ家の中に入れ外に出さなかった。家の中は1日中太陽の陽射しが差し込み暖かく、冬は差し込む陽射しを追って家の中を移動して昼寝をした。

快適だった。

夜中にトイレに起きた時診察室の戸の隙間から明かりが漏れている。そっと覗くとご主人は夜遅い時は午前2時頃まで書類を書いたり、資料を整理したり、本を読んでいる。朝は6時に診察の準備を始める。1日中仕事をしている。

服装は何か着ていれば良いといった感じだ。カーディガンをクリーニング店に持っていったら猫の毛だらけの物は駄目ですと言われて持って帰ってきた。ズボンはご主人の膝に登り降りする私の爪の痕が付いている。奥様から服のシミのことを言われるとご主人は全部私のせいにする。迷惑な話だ。

自分の仲間の猫達の飼い主達のほとんどがご主人の患者さんだ。

自分は良い主人に恵まれた。この主人のために役立つことなら何でもやるぞ。私は決心したぞ。小さな右手を固く握り、小さな拳を作り、拳を高く挙げ、ニャンニャンニャーンと鳴いた。猫人言語交換機を使えばエイエイオーと聞こえたはずだ。

私はパンダと過ごした月日のことを思い浮かべていた。パンダは10歳になる雌猫だ。猫の平均寿命は大体10年といわれている。人間に例えると80歳のお婆さん猫だ。しかし、2

階への階段の上り下りの速さは若い頃と変わらず身のこなしは敏捷だ。尻尾をピンと立てて威張って部屋の中を歩き回ったり、床に寝ている私の腕に頭を載せ一緒に昼寝をすることもある。一番のお気に入りは、ソファーの左端に座っている私とソファーの肘掛けの間に自分の体を無理矢理滑り込ませて仰向けになり、私の腕に両手、両足を絡ませて寝ることだ。妻が帰宅し、玄関の戸が開く音がするとやおら起き出し、私の膝に座り、居間の戸が開き妻が顔を見せると、ギクッとした顔付きになり膝から降り、スタスタと姿を消す。自分が何か悪いことをしていたかのようなそぶりだ。奥様、私はご主人とは関係ありません。ただの飼い猫ですと言いたいようだ。

嫌いなのは、私の膝の上で踊りを踊ることだ。膝の上で、パンダの背中側からパンダの両腕を持ち「エイヤー会津磐梯山ハー宝の山よ　笹に黄金がエーまたー成り下がる」くらいまでは、捕まれた両腕を私のされるままに動かしている。次の「おはら庄助さん、何で身上潰した」になると、頭を振ってあっちを見たりこっちを見たりし、腕を振り払って膝から降りて、これ見よがしに捕まれていた前足を舐めている。踊りは何回やっても上達しない。

言葉は五つくらいは理解している。朝起きて「おはよう」と言うと「ニャー」と返事をする。「お腹すいた」「ニャー」「ご飯食べる」「ニャー」といった具合だ。
1階で刺身と言ったらパンダが2階から転がり落ちるように走って下りてきた。言葉が分っている証拠だ。
でしゃばったことはしない。要求のある時は側に来て私の顔を見てニャーと鳴く。私以外の人に抱かれようとはしない。

若い野良猫の頃は、夜、雨戸を叩き餌を求めに来ることがあった。雨戸を手でノックするのではなく、雨戸にドーンと体当たりをするのですごい音がする。雨戸を開けると見知らぬ野良猫が1匹パンダの後ろにいる。パンダがニャーと言う。餌をやってほしいと言っているのだ。猫餌を皿に盛って出してやると見知らぬ野良猫はむさぼるようにして食べ始めた。パンダはそれを黙って見ていた。2泊3日の旅行に行く時は野良猫のために、皿に猫餌を盛って庭に出しておいた。野良猫のためにいつも猫餌は用意しておいた。パンダには沢山の友達がいることだろう。

パンダの行動に気を付けて見ていると、夕方や夜、家にいない時間帯があることに気付いた。猫の寄り合いに出席して情報を集めているに違いない。

ここで、ふと、心配になった。光源氏ネズミの情報を集めていることを相手に知られたら、パンダに危害が加えられるのではないか。パンダが気が付いてボディガードを他の猫に頼んでいれば良いが。パンダは頭の良い用心深い猫だが無事に帰ってくるだろうか。情報収集もそろそろ終わりにした方が良い。台所の通気孔から沢山のネズミがパンダを追い掛けて我が家に入り込まないとも限らない。

こんなことを考えていたら、部屋の空気が動き、床に当たる手足の爪のカチカチという音がかすかに聞こえた。パンダが帰ってきたのだ。居間の入り口で足音が途絶えた。部屋の中の様子をうかがっているようだ。パンダは部屋に入り、私のところにやって来た。

パンダと私は準備をして機械の前に座った。

パンダはすぐ話し始めた。「場所は、ここから20メートルほど西に行った廃屋の2階の8畳の間の天井裏です。屋根に開いた隙間から入り込み見てきました。

ネズミの数は光源氏を頭とし、綺麗な側室が4匹、それぞれの側室に子ネズミと若いネズミが合わせて5匹ほどです。

天井裏は4つに区切られており、それぞれの区画に側室が1匹ずつ生活し、区画は春夏秋冬の季節を表す装飾がなされています。洒落ています」

「随分、細かいことまでよく調べたな」

「これは、近所の猫やネズミの間で評判になっています。評判通りかどうか天井裏をしっかり見てきました。間違いありません」

「源氏物語の中に、光源氏が大きな邸宅を建て、愛する姫君4人を住まわせるくだりがある。姫君4人の名は紫の上、秋好中宮、花散里そして明石の君だ。それとよく似ている。まさか、ネズミが源氏物語をまねたのではないだろうな。不思議だ」

「そうですね、ネズミ仲間はあの大ネズミを光源氏と呼んでいますしね」

「出入り口は1カ所しかないのかな」

「2階への階段を上り切った真上のところです」

「ネズミは大所帯なので餌の確保が大変だろうな」

「後で話しますが大変です」

「猫の被害は何かあったのか」

「私のように、食べている最中に餌を持っていかれた猫がけっこう沢山いて5匹ほどいました。

光源氏ネズミのイケメンぶりに見とれているうちに持っていかれています。皆、カニとかエビです。鰺は私だけでした。涙が出ました」

「分った分った。今度、買ってやる。その他の被害について話してほしい」

「冷蔵庫や米びつに食物を保存しているので食物の被害は少ないようです。本をかじられたり家具をかじられた例はあり、お前は何をしていたとご主人から文句を言われた猫がいます。何しろ、光源氏ネズミの一族は大勢なので、ごみ捨て場や、飲食店で食物をあさっています。病気の伝染が怖いので駆除が必要だと思います。また、繁殖力が強いので雌のネズミが4匹いると1年後にはネズミが1000匹以上になります。いますぐ駆除が必要です」

「駆除した方が良いのは確かだ。問題は駆除を我々の手でやるか保健所に頼むかだ。大体こんなにネズミが増えたのは猫がちゃんとネズミを捕まえなかったからだ」

「この頃の猫は生まれた時からおいしいキャットフードで育てられ、ネズミを捕まえて食べるような野蛮な猫はいません。不潔だ見るのも嫌だと言っています」

「狩りをするという本能はあるだろう」

「そう言われれば、雀をくわえて得意そうに歩いていた猫がいるし、30センチメートルぐらいの蛇の真ん中をくわえて自宅に帰り、得意そうに奥様に見せたところ、どこかに捨ててこいと蹴っ飛ばされた猫もいます」

「駆除は我々でやろう。猫のアイデンティティの確立のために。ただ可愛い可愛いと人間に可愛がられて満足していると、可愛くない猫は自分の存在を否定されているように感じるだろう」

「猫のアイデンティティについては考えすぎです。猫はおいしいものを食べ暖かいところで1日寝ていられればそれが最高なのです。その問題は今の若い人間について考えるべきです。困難にぶつかった時どうしたら良いか分らず自殺するようなケースがあるのではないでしょうか」

「猫のくせにすごいことを言うなあ」

「ご主人との付き合いが長いので、猫の仲間では私は博士と呼ばれています」

「話が横道にそれてしまった。駆除は我々でやる。それについては、野良猫、飼い猫の両方を合わせて20匹ほどを集めなくてはならない。攻める方は守る方の2倍の戦力が必要だが、相手には若いネズミと子ネズミがいる。その数を20匹として子ネズミは10匹、これも戦力になると考えるとネズミの戦力は25匹だ。猫20匹いれば十分だろう」

「問題は雌のネズミです。女はいざとなると男並みの働きをします。特に光源氏ネズミの目の前だと良いところを見せようとして何をするか分かりません。あなどれません」

「分っている。もっと数の多い方が良いのだが、このごろは野良猫の数が減っている。20匹集めるだけでも大変だろう。

まず、猫の寄り合いで事情を話し、協力者を募ってほしい。協力できる猫は来週の土曜日、午後10時、スーパーの駐車場に集まってほしい。

パンダ、お前はネズミに襲われないように十分注意するように。この話はネズミに聞かれないように他の猫達に伝えておいてくれ。

パンダが天井裏を覗いた屋根裏の隙間はどれくらいの大きさか。猫10匹が並べるか。天井裏でのネズミの生活についても知りたい」

「長い間使われていない家なので、木が朽ち掛けています。猫が10匹並べるスペースはあります。天井の板が猫10匹の重さに耐えられるかどうか分かりません。1枚くらいは割れて猫が転落する可能性があります。

ネズミ達の住みかは清潔です。ネズミの糞は落ちていません。オシッコの跡もなくごみもありません。ご主人様のこの家では、チョット昼寝をしようと思ってもきれいな場所を探さなくてはなりませんが、ネズミの住みかではその必要はなさそうです」

「床が汚れているのはパンダのせいだ。床を雑巾で拭くとパンダの毛で雑巾が真っ黒くなる」

「猫の毛が落ちるのは仕方のないことです。まめに掃除をしてください。ネズミの日常生活ですが、それぞれに清潔で温かそうな寝具が整えられています。子ネズミ以外のネズミは餌を自分で調達しています。光源氏ネズミ1匹では全部をまかなうことはできないようです」

「高齢のパンダに色々頼んで申し訳ない。体も小さい。無理をしないように、疲れたら今の仕事を休んでも構わない。私は毎日忙しいし妻は外出することが多く掃除ができない。これからはパンダのことも考えてまめに掃除するように心掛ける」


土曜日になった。猫は20匹集まっていた。パンダを通して猫達に仕事の内容を伝えた。前もってパンダから猫募集の時、話は伝わっていると思うが改めて仕事の内容と意義を伝えてもらった。

次に日当について話した。猫人言語交換機で私がパンダに伝えたことをパンダが猫全体に話した。報酬は捕まえたネズミはそれぞれの物になるということだ。反対を唱える猫はいなかった。

猫の中には顔見知りの猫もいた。近所の猫達で我が家の庭のバケツの水を飲み、用を足し、草むらの陰で昼寝をしている猫達だ。その中の黄色い猫は、私の姿を見ると側に来て、身構えてシャーと威嚇する。無理はない。ごみ置き場にごみを出した時私の出したごみの下敷きになったのだ。一生懸命、ごみの中から見つけ出した魚を食べている時、その背中の上にごみを置かれたのだ。私からは見えなかった。その時の怒りようはすごかった。思わずたじろいでしまった。しかし、このような獰猛な猫の存在は今回の作戦に欠かすことはできない。

作戦を話した。猫を3つのグループに分ける。第1のグループは10匹―これは屋根裏の隙間から天井裏に飛び込みネズミを攻撃する。第2のグループは8匹―天井裏にネズミがいつも出入りしている場所から突入する。第3のグループは2匹―天井の板が外れて床に落下したネズミを捕獲する。

それぞれのグループ分けはパンダに任せた。

決行は来週、土曜日、午後10時。

土曜日、午後10時、猫は配置に着いた。

第2のグループには、2階の天井裏の出入り口の下で、ここに猫がいるのが分かる程度にニャーニャーと鳴き、第1のグループのネズミが天井裏に飛び込んだら直ちに天井裏に突入すること。入り口が小さいから落ち着いて1匹ずつ入るように、あらかじめ伝えておいた。

そうこうしているうちに、第1のグループの様子をパンダが伝えに来た。光源氏ネズミの家族は入り口に向かい、10匹ずつが2列に並び、子ネズミは1番後ろにいる。1列目、2列目には雌のネズミが2匹ずつ白い鉢巻きをして加わっているとのこと。

「第1のグループの猫にすぐ攻撃するように言え」とパンダに伝えた。

光源氏ネズミも最近、猫の動きが怪しいと感じているに違いない。

屋根裏の10匹の猫が天井裏に飛び降りた。ドスンと音がした。同時に天井裏の出入り口からも猫が入り込んできた。1度は逃げようとして出入り口に向かったネズミは部屋の中に押し戻され、部屋の中央部の天井板は重さに耐えかねて割れてしまった。ネズミの5匹と猫1匹が床に落ちた。床に落ちたネズミは打ちどころが悪かったのか意識がない。猫は空中で体を1回転させ両手両足をぴったり床に着ける見事な着地でケガはしなかった。しかも口にはネズミを1匹くわえていた。

ネズミがチューチュー鳴く大騒ぎは10分で収まった。光源氏ネズミは2匹の猫を相手によく戦ったが力尽きた。2匹の猫のうちの1匹は例の獰猛な黄色い猫だった。

猫達はよく頑張った。毎日、贅沢な暮らしをしていても狩猟本能は衰えていない。床にネズミの遺体を並べた。全部で25匹あった。ネズミは希望する猫は持って帰って良いがご主人とよく相談するように言い、残ったネズミの死骸は部屋から出して草むらに置いた。カラスや狸が始末してくれる。1匹でも室内に残すとやがて腐ってものすごい異臭を放つようになる。

パンダと一緒に帰宅した。パンダの足取りは軽かった。自分がネズミ退治の役に立ったことが嬉しいようだ。帰ったらエビの刺身を食べさせてやろう。スーパーでは6時頃になると値引きが始まる。妻にパンダのためにエビとマグロのトロの入った刺身のパックを買うように頼んでおいたのだ。

パンダがウハウハと刺身をむさぼり食べるのを見ながら焼酎のお湯割りを飲んだ。良い味だった。刺身を食べ終えたパンダは舌舐めずりをしている。満足感が体全体に現われている。猫人言語交換機が役に立った。まだ使えるかどうか気になり、試してみたくなった。機械に電源を入れ、準備を整え、マイクに向かいパンダと呼び掛けた。ニャーと声が返ってきた。言葉は交換されていなかった。機械は壊れたのだ。修理をするにはあの男を捜す以外に方法はない。何となくそれは無理だと思った。

今日の仕事の疲れとアルコールのせいで無性に眠くなった。明日は日曜日で仕事はない。朝寝坊ができるととりとめのないことを考えているうちに深い眠りに落ちた。

真夜中に何とも言えぬ良い香りが漂ってきた。香を焚いた香りが全身を包んだ。ぼんやりしていた頭がはっきりし眼が覚めた。眼の前に眉目秀麗な男が立っている。鮮やかな桜がさねの唐織り物の直衣《のうし》を着ている。源氏物語の花宴に登場した時の光源氏ではないのか。

「私は光源氏という。ネズミから私の霊を解放してくれたことに礼を言う。あろう事か、何か良いことはないかと、私の体から霊が抜け出し、令和の世界をさまよい、またまた、あろう事かネズミに入り込んだ。長い間、墓の中にいたものだから人間とネズミの区別がつかず、ネズミの中に入り込んでしまい、そのことに気が付かなかった。ネズミを退治してくれなかったら、そのままになっていたかもしれない。助けてくれたことに礼を言う」

「霊は何を求めて抜け出したのですか」と私は聞いた。

「決まっているではないか。令和の世の中に紫の上のような良い女はいないかとさまよい出たのだ」

「随分、元気ですね。55歳くらいで亡くなったと聞いていますが、その時も女性を口説いていたのですか」

「紫式部は書いていないが私の死因は急性心筋梗塞だ。朝廷での権力闘争、女性への気配りで精神的なストレスは大変だった。ほんの気晴らしと若い女性を相手にしたのだが、終わった後に胸が痛くなり死んでしまった」

「それでもなお女性を求めるのですか」

「うん」と口ごもりながら光源氏は答えた。「私は忙しい」と続けた。

「これから、女性のところへ行くのですね。春は心筋梗塞が多いですから、あんまり一生懸命にならないでくださいね」

こちらの言うことを聞く暇はないという感じで光源氏はそそくさと立ち去った。

猫の成長

猫は野良猫なので名前はない。白と黒の模様があり、尻尾は長く黒い。民家の家の裏の縁の下で生まれた。体は細く小さい。現在1歳の雌猫である。兄弟は5匹だったが、可愛い三毛猫はすぐ近所の人に拾われ、1匹はスーパーの前で高齢者の運転する車にはねられて死んだ。残る2匹の雄猫と猫は1年間生活を共にした。寒い冬の夜は地面に浅い穴を掘りそこで3匹重なって寝た。地面は少し掘ると下の方は温かく寒さを忘れた。餌は生まれた民家のご主人が用意してくれていた。

1年経たないうちに、雄猫の1匹が姿を消し、1ヶ月ほどして帰ってきたが、ご主人の用意した餌をガツガツ食べて姿を消し帰ってこなかった。そして、残る1匹も姿を消してしまった。ここは白い雄猫の縄張りで雄猫は1つの縄張りで1匹しか生きていけない。野生の動物の規則に従ったのだ。

猫は考えた。自分は1歳になった。そろそろ独立しなければならない。餌を自分で確保しなければならない。そうだ、他の猫がやっているように雀を捕まえてみよう。雀を捕まえて口にくわえて自慢そうに歩き回っている猫を見たことがあった。

猫は畑に行き、草むらの陰から雀の様子を観察している。雀は3羽ほどが草の実をついばんでいた。雀はさっきから猫が自分達を狙っていることに気付いており、この猫が狩りの経験のない若い猫だと気が付いている。猫は距離を詰め、残り1メートルほどで思い切り体を跳躍させ雀を襲った。雀は素早く身を翻し、猫の首筋を掴み、残りの2羽の雀は背中に飛び乗った。雀を捕まえ損なった猫は顔を畑の土の中にめり込ませ口の中は土だらけになり、土は目の中にも入った。

首筋を掴んだ雀は猫の頭の毛を抜き、くちばしで強くつついたところは丸く毛が抜け、痕が付いた。人間なら円形脱毛症といわれかねず、野良猫でもストレスがあるのかしら、それとも免疫異常かなどとからかわれそうだ。背中に乗った雀は盛んに毛を抜いている。自分達の巣を作る材料にするつもりなのだろう。

地面からやっとの思いで顔を引き抜いた猫は自分の体に3羽の雀が乗っていることに気が付いたが、目に土が入っていて周囲が見えない。何とかしなくてはと猫はやみくもにその場から逃れようとし、走り始めたが目が見えず、近くの木に頭からぶつかった。雀は猫の体から転がり落ち、猫の口からは土が飛び出し、目からは痛みのため出た涙が土を洗い流した。目が見えるようになった猫はご主人の家を目指して一生懸命走った。家にたどり着いた猫は庭にいつも置いてあるバケツの水で顔を洗い、うがいをして鼻に入った土を取り除いた。

頭と背中の毛はネズミに喰われたようにボサボサで手の施しようがない。それでも猫は一生懸命舐めた。

猫は人の気配を感じ顔を上げるとご主人が立っていた。主人は「随分、雀にからかわれたようだな。まだ、雀を相手にするには経験が足りない。良い先生を紹介してやろう」と言って「しろ」と猫の名前を呼んだ。

「しろ」はこのあたり一帯を縄張りとする信頼されている猫だ。この家の主人はものの考え方が単純なので、白い猫なので「しろ」と名付けたようだ。犬のような名前だが気にしているそぶりはない。ご主人の家で餌を貰い、半分飼い猫、半分野良猫の身分だ。

「しろ」は部屋の中からゆっくり姿を現し、猫に言った。「ひどい目に遭ったな。今日はゆっくり休んで、狩りの練習は明日からにしよう。明日、いつもの朝ご飯の時に来るように」

「しろ」は優しい猫のようだ。猫はすっかり安心した。皆から尊敬されている「しろ」に指導してもらえるので猫はワクワクした。

翌日、朝食の後から訓練が始まり、訓練は、1メートルの間隔をあけて猫と「しろ」が向かい合う。丁度、相撲の仕切りと同じだ。にらみ合った2匹は呼吸を合わせて飛び上がり、猫は「しろ」がいたところに、「しろ」は猫がいたところに着地する。その後は逃げる猫を「しろ」が追い、次の時は逃げる「しろ」を猫が追い掛ける。向かい合って飛び上がり、相手のいたところに着地し、その後追い掛けごっこをする。このような練習が6回ほど繰り返された。1回の練習は3分ほどだったが、走る時は全力疾走なので練習が終わった時は2匹ともふらふらだった。このような練習が2週間続いた。猫の体はサバンナを疾走するジャガーのようになったとはいえないが心なしか少し筋肉が付いたようだった。猫は自信が付いた。「しろ」から「身のこなしが非常に良い、雀は捕まえられる」と言われたからだ。

畑に向かった。そして、何かを捕まえたいと思った。目の前の草むらに何かいる。猫は動いている物が何であるかを確かめず、飛び掛かった。飛び掛かられた相手は猫の手をするりと抜けて首に絡み付き、そして、首をきゅっきゅっと締め付けてきた。相手は蛇のようだ。猫は慌てたが、手を首と蛇の間に入れやっと蛇を解き放すことができた。飛び掛かる前に相手を確認することの大切さを学んだ。

畑の中に顔を出しているネズミのような物を見つけた。猫はゆっくり近付き手で触った。よく見るとモグラだった。

畑の中で耳を澄ますと遠くで雀の囀りが聞こえる。猫は静かに、ゆっくり近付いていった。雀は猫の接近に気付いていない。猫は大きく跳躍し、雀を前足でしっかり捕らえた。何回も練習した成果が出た。

猫は自分の成長を感じた。これからは一人前の猫としてやっていけそうだ。「しろ」とご主人に見せるため、他の猫達に見せびらかすため、猫は雀をくわえゆっくりと畑を後にした。

捩花の精霊

季節は夏から秋へ移りつつあった。午前中の診療を終え昼食を済ませて、ほっと一息ついた。今日は土曜日なので午後の診療はない。内科の開業医として20年経つが、毎日、忙しく、土曜日ともなると半日なのでほっとする。

医院の門を閉めた時、金木犀の花粉がちり積もったところに子供の靴の跡が残っているのに気が付いた。足跡を見て子供のきゃきゃという笑い声が聞こえるようだった。医院の門の左側には金木犀の木があり、秋になると黄色い花を付け花粉を散らし甘い香りを周りに振りまく。「綺麗な花が咲きましたね」と金木犀に話し掛けた。「有り難うございます。患者さんからも褒めてもらっています」と金木犀は答えた。医院の門の横に植え、10年以上経つが、あさなゆうな、門の開閉の時、朝、私が「おはようございます」夕方「お休みなさい」と声を掛けると、金木犀は嬉しそうに木の枝を揺らしていたが、そのうちに、「毎日、忙しいですね」と金木犀が話をするようになった。金木犀がはっきり、そのように口にしているのかどうか、はっきりしなかったが、私は心の中でそう理解した。昨夜は、金木犀の甘い香りが部屋の中まで漂っていた。

5月、花壇に一面に咲くドクダミも私が近付くと白い花を揺らし、海棠の花はその綺麗なピンクの色を褒めると、「有り難うございます。嬉しいわ」と枝を揺らした。それぞれに宿る精霊が答えているのだろうか。

部屋のガラス戸を開け放した。心地良い秋風が吹き込んできた。風はカーテンを揺らし、耳元で「ゆっくりお休みください」と囁いた。猫は2階の陽当たりの良いところで惰眠をむさぼっている。家から出ていくことはないだろう。床に寝転がり庭の芝生に目をやった。庭には捩花が可愛いピンクの花を付けて4本ほど咲いている。妻はこの捩花が好きで大切にしていた。私が踏まないように、雑草と間違えて抜かないようにと周りに割り箸を差して囲っていた。

腕を枕に捩花を眺めていると、そのうちの1本の捩花の根元から現われた小さな物が捩花の螺旋を上り、その一番上から空へ飛び出していくのだ。私は目をこらして見た。小さな物は皆それぞれに赤、黄色、青そして緑色の服を着ており、それぞれに色の違った三角の帽子をかぶっていた。動きはきびきびとし皆この上もなく可愛かった。子供の頃、絵本で見たこびと達だ。

私は起き上がり座り、暖かい秋の陽射しを受けさわやかに吹く風を楽しみながら空に舞い昇るこびと達の姿を目で追っていた。すると、そのうちの一人のこびとが私の前に現われ
「私達の仲間になりませんか」と訊ねた。

「どうしたら仲間になれるのかね」私はとまどいながら訊ねた。

「何でもありませんよ。仲間になると心の中でつぶやいてください。それだけであなたは私達の仲間です」

「仲間になる」と私は心の中でつぶやいた。

その瞬間私の体は空に浮き、緑の帽子をかぶり黄色い服を着ていた。

私はこびとに聞いた。「あなたはこびとなのですか。子供の頃、絵本で見たこびとそっくりですね」

「私は捩花の精霊です。日本では全ての物に神が宿るといわれています。我々も全ての生物、無生物に宿っています。どこへでも行って、何でもします」こびとは笑って答えました。

「若い頃、イタリア映画の『道』というのを見た時、映画の中で若い男が道端の石を拾い上げこの石にも意味がある、と言うシーンがありました。このシーンは長く心に残っています。西洋でも日本と同じような考えの人がいるのですね」

「西洋でもキリスト教信仰の前は土着の宗教があり色々なものが信じられていたようです。たとえそれが、生物、無生物であってもその時その時で、そのものを見た時の人の感情により石に精霊の存在を感じることがあるかもしれません。先生も熊野古道を歩いた時精霊達の囁きを耳にしたでしょう」

「精霊は何でも知っているのですね。確かに、熊野古道を歩いた時は木の葉のざわめきが精霊達の声のように感じました」

「私を精霊の仲間に入れてくれたのはどうしてですか」私は話を続けました。

「それは先生が私達を大事にしてくれたからです。毎日の診療している姿からも精霊の仲間にふさわしいと皆が賛成したからです。この庭を訊ねてくる猫達も、そのほとんどが家の後ろから入り込み家の周りを巡って家の前の庭にやって来ます。散歩のコースになっていますね。ここで猫達はくつろいでうんこをしたり、おしっこをしたり昼寝をしてすっかりリラックスしてから前の道路に飛び降りて帰っていきます。猫達の精霊も先生に感謝しています」

話をしているうちに私達は湘南の海岸にたどり着いた。初秋の海岸には白い波が打ち寄せ、鳶は高く空を舞い、松林は青く、茅ヶ崎沖の烏帽子岩もはっきり見えた。空が自由に飛べることの慶びを満喫した。

「今日はこれから仕事があるのですか」私は精霊に訪ねた。

「私はこれからウクライナに飛び、戦車に蹂躙された小麦畑の修復に掛かります。私達の仕事の一つに自然環境の整備があります」

「小さな体でできるのですか」

「私には大勢の仲間がいます。皆で人間を動かすのです。上手くいきます」

精霊は私を自宅に送り届け、捩花に別れを告げ、必ず帰ってきますと言って北の空を目指して飛び去った。私は見えなくなるまで精霊の無事を祈って見送った。

あとがき

この短編集には狸が出てくる作品が、『提灯の灯』、『阿波踊りと狸』、『タイムマシーン』および『タクシードライバー』と4作品ある。『タクシードライバー』を除く3作品はいずれも徳島県が舞台である。徳島県は狸が有名である。話に出てくる狸は子供の頃、子供同士の話に出てきたものや、大人が話をしてくれたものである。

『提灯の灯』は母親から聞いた話である。登場する医師は私の祖父である。全て、母から聞いた話を忠実に再現したつもりである。祖父が河原で謡曲を謡う場面があるが、祖父は往診の帰り謡曲を謡いながら帰ってくるので声を聞き付けた家族や従業員は玄関に勢揃いして、お帰りなさいと祖父を迎えたそうである。そんな話を聞いていたので、夜の吉野川の場面に登場させてみた。

お遍士と書いているが私が育った地域の方言のようだ。一般的にはお遍路である。

『阿波踊りと狸』では、私の現在の阿波踊りに対する気持ちを書いた。阿波踊りは桟敷席ではなく、会館で行われる前夜祭で各連が踊る阿波踊りを見るだけで十分満足できる。作品では狸に大活躍をしてもらった。毎年、赤字を抱える阿波踊り、何とかならないのかと気を揉んでいるうちに狸に協力を願う話が出来上がった。四国そのものが「他界」の記載については司馬遼太郎『街道をゆく〈32〉阿波紀行・紀ノ川流域』（朝日文芸文庫）。『タイムマシーン』に出てくる造り酒屋の滝下屋は私の父方の祖父の家である。司馬遼太郎の『街道をゆく・阿波紀行』（朝日新聞出版、２００９年）に宗門改のため池田に向かった幕府の用人が大雨のため滝下屋に1泊したと書かれているが、その滝下屋である。江戸時代から大正の終わり頃まで続いていた大店だったが一夜で潰れたと聞いている。番頭が持ち逃げをしたのが原因だと父親は話していた。

滝下屋があったのは現在の「井川町辻」あたりと考えられる。機会があれば足を運ぶつもりでいる。

『初夢』は一番初めに書いた作品であるが、身近な人に読んでもらったところ面白いと評判が良い。第1作が上手くいったので次の作品が書けたのだ。嬉しいのは読んだ人が笑って元気になってくれることだ。

『捩花の精霊』では、「精霊の仲間になる」と言うだけで仲間になれるところが読者の共感を呼んだ。精霊はウクライナへ行った。小説を書いたのが1月、ウクライナの大統領が来日したのが5月なので日本から飛んでいった精霊が働いたに違いないと勝手なことを考えて一人で喜んでいる。

ウクライナに平和の訪れの1日も早いことを祈っている。

『あるお爺さんの1日』は自分の1日をモデルにした。高齢者の共感を得られれば幸いである。

キリスト教に関した小説が1作ある。聖書に書かれていることの意味を間違った解釈をしてないかどうか、言いたいことがきちんと表現できているかどうかで随分悩み、何回か書き直してやっと出来上がった。

『猫とネズミ』はこの短編集の中では最も長い小説である。猫人言語交換機が登場するが猫好きの人はもし手に入れことができるのなら今すぐにでも手に入れたいと思っているのではないだろうか。こんな機械は開発されるはずはないと思っていたが朝日新聞・朝刊・天声人語・令和5．5．28に「この春、東大先端科学技術研究センターに世界でも珍しい『動物言語学』の研究室を開き、鳥以外の動物への対象を広げた」との記事が出ていた。近い将来、猫人言語交換機が開発される可能性がある。楽しみである。

源氏物語巻二、花宴については瀬戸内寂聴訳を引用した。
夜の猫の集会については何回か目撃したことを書いた。思い出すたび、不思議な光景だったと思う。

生まれて初めて小説を書き、それが出版されることになった。思いがけない幸運だと思っている。これは全て幻冬舎のおかげであると感謝している。
82歳で頭の中は枯渇しているがまだまだ頑張るつもりでいる。

令和5年7月10日

宮本正浩

《著者紹介》

宮本 正浩（みやもと・まさひろ）

1941年生まれ。東京都出身。1968年、昭和大学医学部卒業、同年、同大学第三内科学教室に入局。医学博士号取得。伊藤病院（甲状腺専門病院）勤務。1977年、昭和大学藤が丘病院内科講師。

1979年、宮本内科小児科を開業。2021年、退職。

猫《ねこ》と狸《たぬき》と、ときどき故郷《ふるさと》

2023年12月11日　第1刷発行

著　者　　宮本正浩
発行人　　久保田貴幸

発行元　　株式会社 幻冬舎メディアコンサルティング
〒151-0051　東京都渋谷区千駄ヶ谷4-9-7
電話　03-5411-6440（編集）

発売元　　株式会社 幻冬舎
〒151-0051　東京都渋谷区千駄ヶ谷4-9-7
電話　03-5411-6222（営業）

印刷・製本　中央精版印刷株式会社
装　丁　　川嶋章浩

検印廃止

ISBN 978-4-344-94659-0 C0093
幻冬舎メディアコンサルティングＨＰ
https://www.gentosha-mc.com/